小王子

Le Petit Prince

世紀名家

目錄

推薦序

彭菊仙 親子作家

我的童年是一段沒有故事書的歲月，因為爸媽忙於生計，僅是讓我們四個孩子吃飽穿暖就已筋疲力竭，關於孩子的娛樂甚或心靈需要的滋養，爸媽是沒有餘力可以照顧的。我依稀記得家裡只有兩本不知從哪兒流傳來的故事書：《愛麗絲夢遊奇境》和《木偶奇遇記》，它們是我們對於童話的所有想像，兩本書原本就已破破爛爛，被我們四個姊妹反覆蹂躪，最後沒了封皮、零散分屍。為什麼呢？因為經典故事就是值得一看再看、百看不厭！

長大後，我才有機會一一彌補童年裡沒有緣分相遇的經典兒童文學，但是很遺憾的是，這些故事我多半已經耳熟能詳，還沒來得及細細咀嚼文字，大量的動畫已經綁架了我對於故事聲光畫面的想像，我很不希望我的孩子用這樣的方式來接觸經典名著。

雖然，這一代的孩子已然來到一個被豐富故事書包圍的優渥年代，然而，這世界卻仍然將經典兒童文學拋出腦後。因為當孩子深陷於迷亂挑逗的 3C 世界時，他們對於書本早不屑一顧，更遑論沉浸於閱讀經典名著的樂趣之中。

藉由這次目川文化的世紀名家：小王子，我再次回歸到當年與兩本童話相遇的純淨想像世界中，我似乎又恢復了一個孩童本然應該具備的自由奔馳心靈，在故事裡盡情遨遊，甚至幻化為故事裡的主人翁，經歷驚險刺激的冒險歷程，並在過程中細細體悟人性裡的至真至誠與至善。

表現珍貴赤子之心的《小王子》，絕對值得親子共讀，更值得每一個人在不同的年齡層反覆閱讀，因為生活的歷練與體悟，能不斷激發出更為深刻的層層省思。我想，書裡一段段饒富哲理的對話，一定能觸動「無感世代」最缺乏的柔軟心地：

「因為你在那朵玫瑰花身上付出了時間，才讓你的玫瑰顯得如此重要」

「星星之所以美麗，是因為那裡有一朵讓人思念的花兒」

「沙漠之所以美麗，是因為在某個地方隱藏著一口井」

我很喜歡目川文化這次規劃的書目，國際多元，題材包羅萬象：有冒險、有想像、有科學與自然的題材、有淵遠流長的傳說，都是歷久彌新的必讀文學名著；在編排上，字體大小適當，章節分明，三年級以上的孩子可以毫不費力的自行閱讀。

我鼓勵爸媽引導孩子，一本接一本有系統的閱讀，不僅能提升孩子賞析文學的能力與視野，最主要的是，經典作品的主角人物都帶著強大熾烈的感染力，能毫不費力的博得孩子深度的認同，在潛移默化間，高潔的思想便深植於孩子的心底，行為氣度因此受到薰養而不凡。

陳郁如 華文奇幻暢銷作家

世界經典名著之所以是經典，一定有它的原因，不僅僅是故事內容不拘一格、怪誕離奇，還常常有重大的涵義在裡面，讓人在不同的年齡層閱讀有不同的感受。很高興有這個機會可以來幫這個系列寫推薦，這次我再度閱讀，更能深刻體會故事想要表達的訴求。

奇幻文學一直是讓人深深著迷的，那是一種超越現實框架的幻想，讓人的想像力可以無限的延伸。但是同時，在故事裡，作者可以巧妙的寫出自己對現實世界的連結，可能是對現今政治的諷刺。可能是對人性的感觸，可能是對社會現狀的反射，可能是對幻想世界的延伸。

很多經典永傳的奇幻故事能夠歷久不衰，它們的內容鋪陳就是如此，不僅僅天馬行空，編撰幻想而已，背後還有更多的警世意義。小朋友有時間可以慢慢、細細的品味，讓想像力奔馳的同時，可以去想想看作者想要表達的是什麼。

《小王子》的故事講的是他在星球間的旅程，但是讓人印象更深刻的，是他跟玫瑰之間的愛，他們是這樣的為對方著迷，卻又互相折磨，看到兩個相愛的人如此痛苦，實在令人感到不捨。

此外，我個人很喜歡作者描寫看落日那一段，那真是顛覆一般人觀賞落日的框架。在地球上，我們必須等到一個特定的時間才能看到，但是在小王子的行星上，想什麼時候看落日是你自己可以決定的。

這個就是奇幻世界的美妙，在奇幻故事裡，我們可以拋開定律。這落日不僅是某個時段，也是某種心境。

張佩玲　南門國中國文老師、曾任國語日報編輯

《小王子》在學校百本好書閱讀中是我極為喜歡的，是一本給人安慰、給人勇氣、給人啟發的奇幻童話，不論對大人或小孩都是值得一讀再讀的經典。

正值狂暴期的國中生，正要從青少年開始轉大人，加上升學考試的壓力，面對生理與心理雙重的變化與衝擊，有時難免會有種不被理解、與全世界格格不入的感覺，出現大人們所謂的「叛逆期」。其實，所有的大人們都經歷過那一段狂風暴雨期，而成為現在的自己。一起閱讀這本書，恰好能喚起我們內心最柔軟的部分，讓我們感覺被理解，進而產生共鳴。

沈雅琪 長樂國小資深熱血教師

接了高年級很多屆，我發現現在的孩子普遍閱讀量不足，書讀得不夠，相對文章就寫不出來，寫作技巧教再多都是枉然。

為了要改善孩子寫作困難的問題，我開始每天留至少半個小時到一個小時的時間，讓孩子從少年雜誌、橋梁書開始閱讀，這段時間得要完全靜下來專注的閱讀。

剛開始對於沒有閱讀習慣的孩子來說，這是一件痛苦的事，往往不到三分鐘就想要站起來換書，可是慢慢的習慣以後，我發現孩子專注的時間開始拉長，有些孩子閱讀課的時間看不完，會連下課時間都把課外書拿出來閱讀，偶爾還會來跟我討論書中的內容，跟我分享書中精采的片段。

目川文化精選這套書，有幾本是我們耳熟能詳的世界名著，可是很多孩子完全沒有接觸過。收到書的初稿時，孩子們分配到的書讀完了，還意猶未盡的跟其他孩子交換閱讀，一本又一本接續的把書統統讀完。小孩的感受是最直接的，看他們對這套書愛不釋手，我就知道這是一套非常值得推薦的好書。

孩子從書中得到很多的樂趣和啟發，孩子看這些故事的角度，跟我有很大的不同。透過孩子筆下的敘述，我也重新回顧了一次這些故事，得出了另一番的感受。看到他們寫出從故事中獲得的領悟、看事情的角度，都讓我很欣喜。他們能夠用正向的角度去思考，正反映出我們給孩子的教育成功了。

以下就是班上小朋友針對本書所寫的一篇心得，其他則收錄在各書：小王子是一個擁有好奇心的小孩子，他的好奇心和純真，是許多已在社會上工作的人們所渴望得到的。小王子向小畫家要的綿羊，其實只是一個小箱子，裡面的綿羊是他想像出來的。而故事裡的玫瑰是他精神上的一個依靠，我想小王子最喜歡的是玫瑰花，所以他為了和玫瑰的約定，而完成了他的探索歷險。

小王子的故事寫出了孩子們天真充滿幻想的趣味，也同時襯托出大人生活的無味。

他在這段旅程中遇到了許許多多個性不同的大人，不論是高傲的國王，或是慵懶的醉漢，生活總是一成不變、不斷輪迴。每個人都是他不希望成為的樣子。

來到地球，他才發現世界有多大。飛行員、狐狸是他的新朋友，跟他也很像，對未來也很徬徨，但無形中幫助了小王子成長，並在他難過的時候陪伴著他。

我覺得自己跟小王子很不像，我們每天需要做的事情不一樣，但是我跟他有一樣的困惑，我們都對未來感到迷惘。但是這個故事告訴我們：「人無論什麼年齡都應該要擁有夢想，如此一來才能在不斷重複的生活找到樂趣。」，以及「人的一生是不能沒有朋友的，朋友不但能幫助自己成長，還能是生活中巨大壓力的出口。」

吳婕寧 撰寫

游婷雅 閱讀推手節目主持人、閱讀理解教學講師

安托萬．聖修伯里曾經擔任郵政飛行員，這樣的經歷促成了《夜間航行》這部作品。他也曾經在沙漠中墜機，因脫水而產生幻覺，後來獲救。這趟鬼門關之旅幻化成《小王子》故事中的一部分。

不知道有沒有人跟我一樣，年幼時閱讀《小王子》，單純只是將它當成一個奇幻遊記，讀到一個落難的飛行員巧遇小王子的故事，而這個故事裡又有小王子遊歷各星球的故事。

青少時再讀《小王子》，好羨慕小王子的玫瑰，美麗又驕傲，卻能得到小王子的呵護關愛。好喜歡小王子的純真，好討厭大人的世故與混淆的價值觀。

年長時重讀《小王子》與《夜間航行》，好想問問安托萬．聖修伯里「你究竟想說些什麼？」你是「想離開還是想回家？」、「想馴養還是被馴養？」、「想在天空中翱翔還是想在地面上行走？」、「想要冒險刺激還是安穩度日？」

原來，我們都像偽裝成帽子的那條吞了象的蛇，都像內心裡藏著小王子的飛行員，都是不想長大的大人。我們都在使用讓自己羞愧的方式，讓自己忘卻那些羞愧的事情。

「大人們真是太奇怪了！」

劉美瑤 兒童文學作家、臺東大學兒童文學研究所

用「心」感覺才是真實的

《小王子》故事一開始，以主角飛行員「我」的童年閱讀經驗作為起點，抱怨失去童心的成人既看不見被吞食的可憐大象，也看不出可怕的蟒蛇與普通的帽子之間的差異。

這段為人所知的情節其實是在暗示讀者，如果我們像書裡的大人一樣，因為缺乏想像力而「看不見」時，既無法感受恐懼也無法悲憫生命的死亡，當然更無法想像當悲憫與恐懼交纏時產生的「疼痛」。而因為失去關於疼痛的想像，所以無法體會生命中的摯愛消失的「慟」。

從這個角度來看《小王子》，我們可以把小王子的旅程當作一趟「復活之旅」。小王子在不同的星球間旅行，告訴主角不同的旅行經驗，透過重複的敘述模式，「我」與讀者被扼殺的童心（感受疼痛的想像力）逐漸復活，逐漸看透虛矯的權位與虛幻的名利，生命中重要的東西透過童心一一靈光乍現（Epiphany），我們逐漸明白世間最重要的事

物，不是名利或權位，而是那個交付真心、傾盡生命愛護的他／她。

整段旅程的「靈光乍現」在結局最為明顯。故事最後，從「我」焦急的提醒：「蛇很惡毒，他們會無緣無故地咬你。」，接著小王子以富有韻律的句子、高密度的隱喻：五億個鈴鐺、五億個水井、像金蟬脫殼般拋棄軀殼回家……，不斷地向飛行員「我」道愛、道歉、道別。讓兩人之間緊張、擔憂、恐懼、不捨等情緒匯聚，最後形成一股巨大的、哀痛至極的「慟」。

現實生活中有時會產生超越現實的意義，但是這種超越必須用「心」去感受。而這一切，都在狐狸如神諭般的提醒中：用心去感覺才是真實的。真正重要的東西，用眼睛是看不見的。

編者的話

兒時的你是否想過星際飛行，穿越不同的星球，看看星球上發生什麼奇妙的事，上面又住著什麼呢？是否也有值得歌頌的故事。

童話裡的王子，通常住在美麗的宮殿，愛上美麗的公主，二人互相廝守，過著幸福又快樂的日子，而有一位王子，住在小小的行星上，上面只有一座火山和一朵玫瑰，而他悲傷時喜歡看日落，甚至一天能看個四十三次呢！

世紀名家系列這次帶你一同邂逅小王子，閱讀經典，讓你感受作者的巧思，小時候光是看著天空上的雲朵，腦中立刻出現神奇的幻想，看著大人埋首於工作，忙碌的身影移動的太快，無法為了一朵美麗的花、形狀奇特的石頭駐足。但隨著長大成人，一步一步在成長中，變的越來越像記憶中的大人，腦海中無法勾勒出幻想，所見之事不再美妙，開始緊盯成績單上的數字，數算自己所擁有的，不再去享受過程，只想看見是否有結果。

本書中，你將在沙漠邂逅小王子，他散發出孩童的純真氣息，他的回答有時可能讓你啼笑皆非，但慢慢地去體會，你也會明白這份美妙。

本書也特別收錄聖修伯里《夜間航行》，此短篇小說，結合作者本身的經歷，主角飛行員法比安在電閃雷鳴的夜空掙扎，而航線負責人里維埃在辦公室中忐忑不安；大反差的光與影的畫面交替出現，緊湊而又富有節奏感，驚心動魄。高山沙漠，風暴雷雨，這些變幻詭譎的自然現象，在作者筆下立體鮮活；飽含感情又具象的文字，具有強大的感染力。無論是內容還是敘述技巧，《夜間航行》屬短篇小說中的傑作，就讓我們一同體驗文字的震撼。

本一切都那麼平靜，一股大自然的怒氣卻突然席捲而來。他憑什麼臆測這股怒氣是從岩石滲出來，或是從積雪中透出來的？他看著山峰和山脊，心不由得揪緊。他繃緊肌肉，像一頭隨時準備躍起的野獸。「我完了。」他想。

積雪從前方的一座山峰噴射而出，接著，第二座山峰……所有山峰一個接一個爆發了！隨著空氣的第一陣波動，周圍的群山開始搖晃起來。

所有的一切都變得緊張，層層山脊、山峰像匕首一樣刺進勁風中，感覺它們彷彿在周圍轉動、漂流。他將飛機調頭，忍不住渾身發抖。在他身後，整條山脈似乎都沸騰了。

除了在行句之間，一拳一拳的直擊心靈，也有寫實而令人不勝唏噓的心路歷程。仔細品味《夜間航行》，你會看見高尚的品德，航線負責人承擔責任的喜悅與沉重，還有如兄弟間一份共患難、堅忍不拔的精神。

希望讀者在閱讀完《小王子》後，能保有孩童般的純真，眼底留著勇敢探索世界且出滿炙熱的眼神，也學習《夜間航行》那在黑夜中前進，在危機中依然踏出步伐且無畏的勇氣。

邂逅小王子

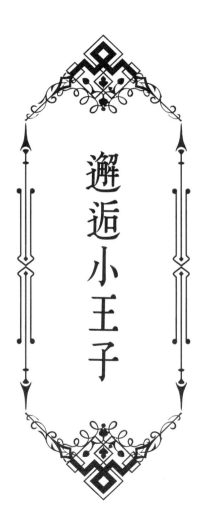

第一章 畫家的理想

六歲那年，在一本關於原始森林、名叫《親身經歷的故事》書中，我看到一幅很精采的插圖，是一條巨大的蟒蛇正在吞食一隻野獸的畫面。

書中寫道：「大蟒蛇囫圇吞下牠的獵物，嚼都不嚼一下，以至於最後再也動彈不得。為了把肚子裡的獵物消化，牠不得不睡上六個月。」

當時，我正迷戀於這些關於熱帶雨林的傳奇故事。於是，我用彩色筆畫了我的第一張畫。

我把我的「傑作」給大人們看，並

問他們，看了我的畫是否會嚇一跳。

然而，大人們卻回答說：「一頂帽子有什麼可怕的呢？」

可我畫的不是一頂帽子呀！這是一條大蟒蛇，牠能把大象吞到肚子裡去。為了能讓大人們認識到這一點，我不得不把蟒蛇肚子裡的情形畫出來。你看，這就是我的「作品二號」。

然而，大人們卻叫我不要再畫蟒蛇了，不管是牠的外視圖，還是內視圖。

他們要我好好的學習地理、歷史、算術和文法。所以，我不得不在六歲的時候，放棄了成為一名畫家的理想。作品一號和作品二號的失敗，讓我灰心沮喪。那些大人自己都有弄不清楚的事，總要孩子們不停的向他們解釋，真煩人！

於是，我被迫選擇了另外一個職業。我學會了開飛機，成為一名飛行員。我飛過世界各地，所以地理算是沒白學。在飛機上，我能一眼就分辨出哪裡是中國，哪裡是美國的亞利桑那州。如果在夜裡迷失航向，這些知識會很有用。

在我的一生當中，我跟很多成年人打過交道，也有很多機會去深入瞭解他們，但是，這仍然沒有改變我對他們的看法。

每當碰到一個我覺得還不錯的人，我就會拿出一直保存著的「作品一號」給他看。我想看看他能不能看出這是什麼。然而，每次我都得到同樣的答案：「這是一頂帽子。」

如此一來，我就會懶得跟他談蟒蛇、原始森林和星星的事情了。我乾脆把自己裝得跟他們一樣，和他聊橋牌、聊高爾夫球、聊政治、聊領帶。之後，這個大人就會很高興，認為自己遇到了一個很善解人意的人。

沙漠中相遇

我就這麼孤獨的生活著，沒有一個真正談得來的人。直到六年前，有一次，我的飛機在撒哈拉大沙漠發生意外。可能是飛機上的引擎出了問題，由於既沒有機械師，也沒有乘客，所以我只能自己一個人完成複雜的修復工作。

這是件生死攸關的大事，因為飛機上帶的水只夠我喝一個星期。

第一個晚上，我就睡在荒無人煙的沙漠中。當時的感覺，比在太平洋中划著木筏的落難者還要孤獨。所以，你們可以想像，黎明時

分，當我聽到一個奇特的、小小的聲音在叫我的時候，我有多麼驚訝了。

「請你為我畫一隻綿羊吧！」

「什麼？」

「為我畫一隻綿羊。」

我像觸電一樣，一下子跳了起來。我揉揉眼睛，仔細一看，原來是一位十分特別的小孩，他正一本正經的打量著我。這是事後我為他畫的最好的一張畫像。雖然我盡力去嘗試，但是我的畫像還是不像他本人那麼好看。要知道，六歲的時候，大人們就扼殺了我當畫家的夢想。除了當時畫的兩張圖：蟒蛇的外視圖和內視圖之外，我就再也沒有畫過別的東西了。

我驚訝的看著眼前的一切。不要忘了，這裡可是人跡罕至、廣袤無垠的大沙漠啊！這個小傢伙看上去既不像迷路，也不像是疲倦、饑餓或者驚慌失措的樣子。他給人的印象，絕對不是一個在大沙漠中迷路的孩子。

等我回過神來，我問他：「你、你在這兒做什麼呢？」

小傢伙語氣輕柔的重複著他剛才的請求，就像在講述一件非常嚴肅的事情。

「請你替我畫一隻綿羊吧！」

當一件事太過奇特時，是不會有人敢反抗的。即使在這個情景下提出這樣的要求，讓我覺得非常荒謬，不過我還是從袋子裡拿出紙筆。但是當我想起我學的是地理、歷史、算術和文法，根本沒有好好的學習繪畫時，我有點不高興的說：「我不會畫畫。」

他卻說：「沒關係，幫我畫一隻綿羊吧……」

因為我根本沒畫過綿羊，於是我就畫出我那兩幅作品中的其中一幅，就是那幅「蟒蛇的外視圖」給他看。

小傢伙的反應讓我大吃一驚。

「不，不，我不要裝在蟒蛇肚子裡的大象。蟒蛇好可怕，大象又太龐大了，我住的地方很小。我只要一隻綿羊。幫我畫隻綿羊吧！」

於是，我幫他畫了一隻綿羊。

他仔細的看了一下，說：「不，這隻綿羊感覺生病了。另外再畫一隻吧！」

我又畫了一隻。

我的朋友笑了，寬容的說：「你看，這不是綿羊，是山羊，頭上有角呢！」

於是，我又畫了一張。和前兩次一樣，他還是不太滿意。

「牠太老了。我要一隻可以活得久一點的綿羊。」

我被他煩得失去耐心，又急著修理飛機，所以胡亂畫了一張，不耐煩的說：

「這是一個箱子，你要的綿羊就在裡面。」

出人意料的是，這個難伺候的小傢伙臉上頓時笑逐顏開。

「我要的就是這個！牠要吃很多草嗎？」

「為什麼這麼問？」

「因為我住的地方什麼都很小……」

「肯定夠了。我送你的是隻很小的綿羊。」

他把臉湊到畫前仔細查看，說：「沒有很小呀……看，牠睡著了……」

就這樣，我認識了小王子。

珍惜每一次的相遇，卻不是每一次的相遇都美麗

第三章 小行星B612

很久以後，我才弄清楚他是從哪裡來的。

小王子問了我很多問題，對我的問題卻總是沒聽見似的。慢慢的，我才從他說的話中，瞭解到他是從哪裡來的。比如，他第一次看見我的飛機時（飛機太複雜了，所以我畫不出來），他這樣問我：

「這是什麼東西？」

「這不是什麼『東西』。它會飛呢！這是一架飛機，是我的飛機。」

我自豪的跟他說，我會開飛機。

他聽了之後，驚訝的大聲叫道：

「什麼？你是從天上掉下來的？」

「是的。」我謙虛的說。

「哦，太有趣了！」

小王子哈哈大笑起來，這讓我有些生氣。我可不喜歡別人拿我的不幸開玩笑。

可是小王子接著又說：「那你也是從天上來的，你是從哪個星球來的呢？」

突然，我的腦中閃過一個念頭，「他從哪裡來」這個祕密就要揭開謎底了。

我急切的問道：

「那你是從別的星球來的嗎？」

可是他卻沉默了，一邊看看我的飛機，一邊點著頭：

「是啊，就憑這種東西，你來的地方也不可能很遠……」

說著，他認真的想了很久。然後，又從口袋裡拿出我畫的綿羊，全神貫注的看著這個寶貝。

我對於他是「從別的星球來的」這件事，感到十分好奇，於是極力想多知道一些：

「你是從哪裡來的，小傢伙？你住哪裡？你打算把我的綿羊帶到哪裡去？」

他安靜了一下，對我說：

「你送我的這個箱子滿好的，我可以給綿羊當屋子住。」

「當然可以。如果你聽話，我還能幫你畫一根繩子，讓你把牠拴住。另外，再幫你畫一個木樁。」

「拴住？這真是奇怪的想法。」我的朋友又笑起來，「你讓牠往哪裡跑啊？我住的地方那麼小。」

或許是因為有點傷感，他又補充了一句：「我住的地方，一直往前走也走不了多遠的……」

我因此知道了另一件重要的事情：他居住的星球，跟一棟房子差不多大！

但這並不奇怪。我知道，除了地球、木星、火星、金星這些人們熟知的星球外，還有成千上萬個其他的星球存在。在這些星球當中，有的星球非常小，小到用望遠鏡也不見得能看清楚。天文學家發現了類

似的星球，給它編個號碼就算是它的名字了，比如稱它為「325 號小行星」。

我有足夠的理由相信，小王子居住的星球，就是 B612 號小行星。這顆小行星只在一九〇九年被人用望遠鏡看到過一次，那是一個土耳其天文學家。

當時，這位土耳其的天文學家就他的這個發現，在一次國際天文學會議上發表了重要演說。但是，由於他奇異的土耳其裝扮，沒人相信他的話。

大人們看問題的方式就是這麼奇怪。

然而幸運的是，當時土耳其的統治者下令，讓百姓改穿西服，違令者斬。於是，一九二〇年，這位土耳其天文學家身著考究的西服，重新又做了一次演講。這一次，所有人都承認了他的發現。

我之所以一五一十的跟你們介紹 B612 號小行星的情況，還詳細的說了它的編號，完全是為了大人。因為大人們總是對數字特別偏愛。比如，你向他們介紹一位新朋友，他們總愛問一些無關緊要的問題。他們絕對不會問你：「這位朋友的聲音洪亮嗎？他喜歡什麼遊戲？他收集蝴蝶標本嗎？」他們總是會問：「他多大了？有幾個兄弟？他有多重？他父母每個月賺多少錢？」這樣一直問下去，大人們就會覺得已經認識這位新朋友了。

如果你對大人們說：「我看到一幢漂亮的房子，有著紅色的磚牆，窗前種著天竺葵，屋頂上停著鴿子……」只是這樣說，他們會想像不出這棟房子有多美。你得這麼跟他們說：「我看見一幢價值幾十萬法郎的房子。」他們會馬上大聲驚呼：「多漂亮的房子啊！」

所以，如果你跟大人們說：「真的有小王子這麼一個人，他很可愛，會咯咯的笑，他還想要一隻綿羊。」大人們只會聳聳肩，認為你還是個孩子！但是，如果你跟他們說：「小王子來自 B612 號小行星。」他們就會深信不疑。大人們就是這樣。

不過，我們懂得享受生活，所以才不想讓這些數字把我們變得那麼可笑。我很想像在說一個童話一樣來講述這個故事：

「從前，有一個小王子，他住在一個和自己的身體差不多大的星球上。他需要一位朋友……」

我不希望別人用很輕率的態度來讀我這本書。我敘述這段回憶的時候，心情很難過。我的朋友帶著他的綿羊離開已經六年了。我之所以試圖描繪這段記憶，還特地買了顏料和畫筆，試圖把它畫下來，就是希望不要忘了我的朋友。忘記朋友是件令人傷心的事，並不是所有人都有過一個真正的朋友。再說，我遲早也會變得跟那些只關心數字的大人們一樣。可是，到我現在這個年紀，再重新拿起畫筆，不是一件容易的事情。更何況，當初我只畫了兩幅畫，就是蟒蛇的外視圖和內視圖。那還是六歲時候的事情。

當然，我一定會盡力把它們畫得像一點！不過，我也不能保證到底能不能做到。有時候畫得還不錯，但有幾張就不太像了！比如，我對小王子的身材已經記不太清楚了，這張畫的小王子可能太高了，那張呢，又可能太矮了。衣服的顏色也不太記得了。只好拿著畫筆這樣試試，那樣試試。最後，很多重要的細節說不定都弄錯了。不過

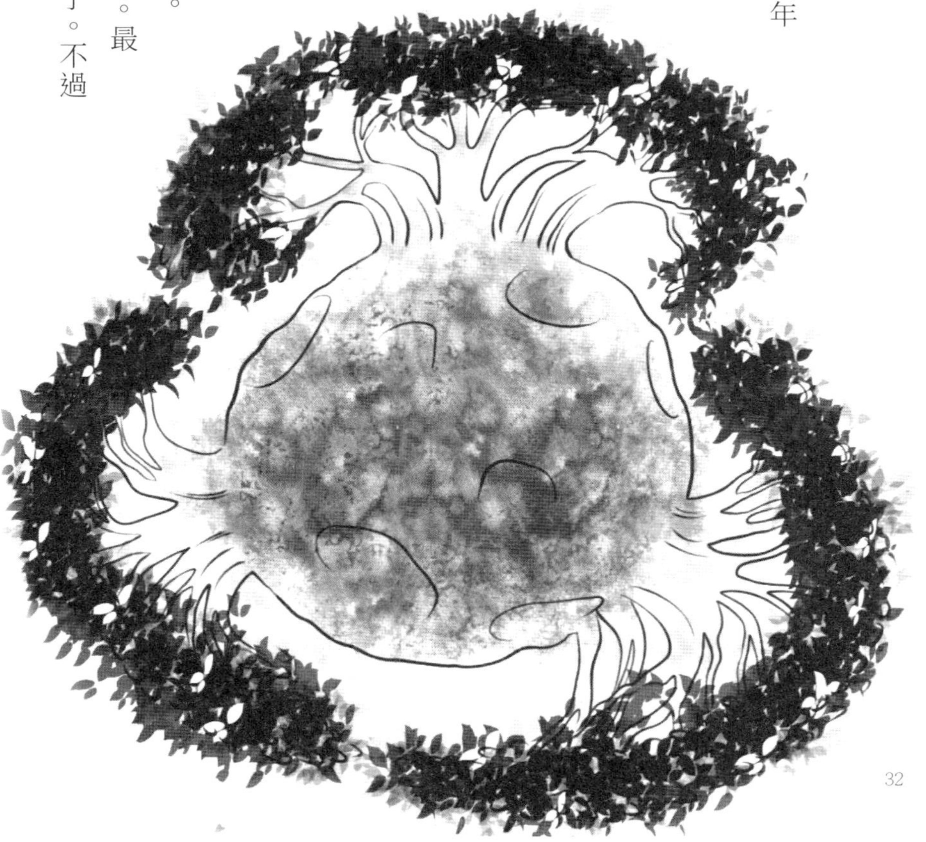

這一切，請大家原諒我，因為我的朋友從來不跟我解釋什麼。他大概以為我跟他一樣。但遺憾的是，我已經無法像他那樣，有辦法透過紙箱看到裡面的綿羊了。隨著時光流逝，我也許已經有點像那些大人了。

我一定是老了……

猴麵包樹

每天我都會從小王子那裡了解到一些情況，比如他是怎麼離開那裡、又是怎麼來這裡的。這些都是碰巧知道的。就像是我認識小王子的第三天，我知道了猴麵包樹會造成的災難。

這一回的起因還是那隻綿羊。

那天，小王子很擔心的問我：「綿羊會吃灌木叢吧？」

「當然啦！」

「啊！那我太高興啦！」

我不明白。綿羊吃灌木叢，這很重要嗎？

小王子接著說：「這麼說，綿羊也吃猴麵包樹囉？」

我仔細的跟小王子解釋，猴麵包樹不是灌木叢，而是像教堂那麼高的大樹，就算將一群大象帶來，也碰不到一棵猴麵包樹的頂端！

大象的話題讓小王子哈哈大笑起來：「那就讓牠們疊羅漢好了。」

接著他靈機一動，補充說：「猴麵包樹在長高以前也是小小的吧？」

「沒錯。可是，你為什麼要讓綿羊吃小小的猴麵包樹呢？」

「這不是很明顯嗎！」他理所當然的說道，彷彿這是不言而喻的。可是，我依舊是一頭霧水。

原來，在小王子的星球上，既有好的植物，也有不好的植物。植物種子隱密的睡在土壤裡，直到有一天種子突然甦醒，從地底下冒出來。

如果它是蘿蔔或者玫瑰的幼苗，那麼它愛怎麼長就怎麼長。不過，假如那是一棵不好的植物，一長出來就要及時把它拔掉。在小王子的星球上，有一種非常可怕的植物種子，那就是猴麵包樹的種子。星球上到處是猴麵包樹的種子，它們長得很快，一旦太晚發現，就再也無法剷除了。它們盤根錯節，會把整個星球捆住。因為星球太小了，所以，如果猴麵包樹不斷增加，小行星就會被撐破。

「這是個紀律的問題。」小王子對我說：「當你早上梳洗完畢後，就該仔細打理自己的小星球了。因為猴麵包樹的幼芽和玫瑰的幼芽非常相似，因此，一旦能分辨出哪個是猴麵包樹的幼芽時，就要及時把它們拔掉。這個工作很單調，但是並不困難。」

有一天，小王子建議我畫一張更漂亮的畫，好讓地球上的孩子都知道小行星上的事情。

「要是他們有一天到別的地方去旅行，說不定會對他們有幫助呢！人們總喜歡把事情往後延，有時候是沒什麼關係，可是關係到猴麵包樹的時候，就有可能導致災難。我到過一個星球上，那裡住著一個懶人。有三株這樣的幼苗，他都沒有注意到。」小王子說。

在小王子的指點下，我把小行星畫了下來。猴麵包樹的危害，人們也許沒注意到，可是萬一有人在一顆小行星上迷路了，情況就會變得非常糟糕。所以這次我特別賣力，我想說：「孩子們，當心猴麵包樹啊！」

如果能提醒大家意識到這種潛在的危險，我的努力就值得了。你們可能會問，為什麼這本書裡再沒有出現像猴麵包樹那麼壯觀感人的畫了呢？答案很簡單：我努力過，但是都沒有成功。畫猴麵包樹時，我的心裡非常焦急，情緒受到了感染。

日落

哦，小王子！就這樣，我慢慢的瞭解你那淡淡憂傷背後的祕密。長久以來，你就是靠著觀賞日落來消愁解悶的。第四天的早晨，我才發現了這個祕密。那時你對我說：「我喜歡看日落。我們去看看日落吧！」

「那也要等啊！」

「等什麼？」

「等太陽下山啊！」

起初，你一臉驚奇，隨後你自己都笑出聲來。你對我說：「我總以為我還在自己家鄉呢！」

就是說啊！大家都知道，美國的正午時分，法國正夕陽西下。所以，必須在一分鐘內趕到法國，你才能看到日落。可惜，法國實在太過遙遠。但在你那個小小星球上，你只要把椅子挪動幾步就行了，想看幾次日落都可以……

「我曾在一天之內看了四十三次日落！」

過了一會兒，小王子又說：「你知道，一個人真正悲傷的時候，才會喜歡看日落……」

「這麼說，那天你一定非常悲傷了？」

小王子什麼也沒有回答。

那朵玫瑰

第五天，在瞭解「小王子的身世祕密」這方面，綿羊又幫了我的大忙。

那天，小王子默默的思考了很久，突然問我：

「如果綿羊吃灌木叢的話，那牠也會吃花嗎？」

「牠有什麼吃什麼囉！」

「連長刺的花也吃嗎？」

「是的，長刺的花也吃。」

「那麼，那些長在花身上的刺有什麼用呢？」

我不知道該怎麼回答。當時我正忙著把一顆死死鎖在引擎上的螺栓卸下來。飛機的故障很嚴重，水又快喝完了，我擔心會發生更糟糕的事情，心裡非常焦慮。

「那麼，刺又有什麼用呢？」小王子一旦提出問題，總是要打破砂鍋問到底。

我正為螺栓的事情忙得不可開交，就隨口答道：

「刺啊，那什麼用也沒有，就只是花兒惡意的表現罷了。」

「哦！」

他沉默了一會兒，隨即憤憤不平的向我喊道：「我才不相信你說的話！花兒那麼天真，怎麼可能會有惡意！它們只是想要保護自己，以為自己身上長了刺，別人就不敢來碰它們了……」

我沒說話，心裡想著：要是這顆螺栓還是卸不下來的話，我就一錘子敲掉它。

這時，小王子又來添亂了：「可你、你卻認為花兒……」

「行了、行了！我什麼也不認為！我只是隨口說說而已。你沒看到我正忙著嗎？」

他驚愕的看著我。

「我在忙正事。」我說。

他看我握著錘子，雙手沾滿機油，彎腰，面對一個他覺得非常醜陋的鐵塊。

「你說話的樣子就是像一個大人！」這話讓我有些難堪。可他卻毫不留情的接著說：「你什麼都搞不清楚，把所有的東西都弄得亂七八糟！」

他確實生氣了，一頭金髮在風中飄動。

「我以前到過一個星球，那裡住著一個膚色像火雞的男人。他從來沒有聞過花香，也從來沒有望過天上的星星，他從來沒有愛過一個人，只知道要算帳。這個人就像你一樣，整天都在重複著：『我有正事要幹，我有正事要幹！』變得不可理喻。可是這算一個人嗎？他就只是一朵蘑菇！」

「一朵什麼？」

「一朵蘑菇！」

這時候，小王子的臉都氣得發白了。

「幾百萬年前，花就長刺了。可幾百萬年前，羊也早就在吃花了！刺什麼用都沒有，那花為什麼還要花力氣長刺呢？把這個弄明白難道不是正事嗎？綿羊和花兒的戰爭難道就不重要嗎？這難道不比那個紅皮膚先生的帳本重要嗎？如果我認識一朵花，它是世界上獨一無二的，是只生長在我那個星球上的。如果有一天，一隻不懂事的小羊一口把它吃了，這難道不重要嗎？」

他激動的漲紅著臉，接著往下說：

「如果一個人愛上了一朵花，而這朵花又是成千上萬的星球上唯一的一朵，那麼，當他仰望星星的時候，他就會感到幸福。他會對自己說，我的花就在那顆星星上……但是，假如一隻綿羊把這朵花給吃了，這對他來說，不就像滿天的星星瞬間熄滅了一樣嗎……這難道不重要嗎？」

小王子再也說不下去了。突然，他哽咽著哭了出來。

夜幕降臨，我放下手中的工具，錘子呀、螺栓呀、乾渴以及死亡呀，都被我拋之腦後了。在我居住的這個星球上，有一位小王子，他實在太需要安慰了……

我把他緊緊摟在懷裡，緩緩搖著，輕聲對他說：「你愛的那朵花不會有危險的，我會為你的小綿羊畫一個嘴套、給你的花畫一圈籬笆，我還要……」

我不知道還能說些什麼。我突然覺得自己很笨拙，不知道該怎麼安慰小王子，讓他不再傷心……眼淚的世界，是多麼的神祕啊！

真理征途

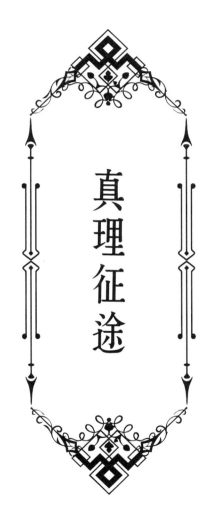

第三章 旅途啟程

不久，我對小王子說的那朵花有了更多的瞭解。

在小王子的星球上，過去只種著一些很簡單的花，這些花只有一層花瓣，不占地方，也不妨礙任何人。早晨，它們會在草叢中綻放，鮮豔奪目；夜晚，它們便黯然消失。可是有那麼一顆種子，誰也不知道是從哪裡來的。有一天，它突然就冒出幼芽。小王子小心翼翼的觀察著這株嫩苗。他想，說不定這是另外一種猴麵包樹？但是很快，這株嫩苗的莖就不再生長，枝頭開始生出一個花蕾。小王子眼看著花蕾越長越大，心裡非常開心。他想，這個花蕾裡一定會出現奇蹟。

而這株花待在綠萼裡也沒閒著，她為自己精心挑選顏色，從容的打扮自己。她慢慢穿上衣裙，一瓣一瓣的撫平花瓣，她可不願意自己像有些花一樣，一出現就皺巴巴的。她要讓自己鮮豔奪目的來到這個世界上。你看，她是真的很愛漂亮。

她日復一日悄悄的打扮自己。然後，在某天早晨，太陽冉冉升起的時候，她一下子綻放了！

第三章　旅途啟程

她精心打扮了許久，才打著哈欠說：

「啊！我剛睡醒呢……真對不起，你看我的頭髮還是亂蓬蓬的……」

小王子抑制不住自己的驚歎：

「您真美啊！」

「可不是嗎？」花兒甜甜的回答：「我是和太陽一起出生的。」

小王子看得出，花兒並不謙虛。但是，她實在太迷人了！

「我想，現在應該是用餐時間了。」花兒隨即又說：「您不會是忘了吧？」

小王子很不好意思，不知所措的拿來一壺清水，為花兒澆水。

就這樣，沒過多久，花兒那嬌滴滴的虛榮心就讓小王子受了許多折磨。比如有一天，當花兒提起她身上的四根小刺的時候，她對小王子說：

「那些老虎，就讓牠們揮舞著爪子過來吧！」

「這星球上沒有老虎。」小王子反駁道：「更何況，老虎也不吃草啊！」

「但我不是草呀！」花兒細聲細氣的說。

「對不起……」

「我不怕老虎，但是我怕風。請問，您這裡沒有屏風嗎？」

一棵植物怕風怕到這個地步也太悲慘了。這朵花可真嬌貴。

「晚上請您幫我放上一個玻璃罩。您這裡好冷，佈置也太簡陋了。我原來住的地方……」

她沒再說下去。她來的時候還只是一顆種子，因此，她根本就不可能知道周邊的一切。這麼幼稚的謊言一旦被揭穿，那會讓她無地自容。於是，她乾咳了兩聲，想讓小王子覺得愧疚。

「屏風在哪兒啊？」

「我正要去拿，可您又跟我說起話來了。」

於是，花兒又假裝咳了幾聲，不管怎麼樣，她就是要讓小王子覺得愧疚。

儘管小王子對這朵花心懷愛意，聽了這番話，卻也對她起了疑心。他對花兒那些無關緊要的話題太在乎了，這讓他自己非常苦惱。

「我不應該聽信她所說的話。」有一天，小王子誠實的對我說出心裡話。

「花說的話是不能相信的。花是用來讓人欣賞、讓人感受那些芬芳氣息的。這朵花讓我的星球充滿花香，可是我卻沒有去享受那些快樂。老虎爪子的故事，還讓我生了一肚子的氣，但其實我應該覺得愛憐和同情的。」

他還對我說：「當時我根本就不理解，我應該看她做些什麼，而不是聽她說些什麼，她給了我花香、為我綻放⋯⋯我真的不應該離開她。如果當時我就能猜出，在她那些小花招背後的一片柔情，那該多好啊！花兒總是那麼口是心非。可是，當時我還太小了，不懂怎麼去愛護她。」

我想，小王子一定是藉著候鳥遷徙的機會離開的。出發那天的早晨、離開他的星球之前，他把自己的星球整理得井井有條。他仔細的疏通了活火山：星球上共有兩座活火山，用它們做早飯十分方便。這裡還有一座死火山，可是他說，誰知道死火山是不是真的不會再爆發，所以，他也重新清理了一遍這座死火山。火山疏通之後，就會緩慢、均勻的燃燒，不會噴發。即使真的噴發了，也就和煙囪冒出火苗一樣，不會太強烈。當然，在地球上，人類實在太渺小了，根本沒辦法清理火山。所以，它們才會帶給我們這麼多煩惱和災難。

臨行前，小王子還拔掉了剛長出來的幾棵猴麵包樹的幼苗。他有點憂傷，心想：「這一走也許就再也回不來了。」

那天早晨，這些熟悉的工作，都讓小王子感到格外親切。而當他最後一次給花兒澆水，準備為她放上玻璃罩的時候，他突然覺得自己快要哭出來了。

「再見了。」他對花兒說。可是花兒沒有回答他。

「再見了。」他又重複一遍。

花兒開始咳嗽，但她並沒有感冒。

「我以前太傻了，」她終於開口：「請你原諒我。希望你能幸福！」

小王子感到非常驚訝，花兒居然一點責備的意思都沒有。他手拿著玻璃罩，不知所措的站在那裡。他還無法理解這種無聲的溫柔。

「是的，我愛你。」花兒

對他說：「你卻一直都不知道。這都怪我，可是這些已經不重要了。但是你，你也和我一樣傻。好了，不管怎麼樣，我希望你能幸福……把玻璃罩拿走吧，我不需要它了。」

「可是風……」

「我不會那麼容易感冒的……而且，夜晚的新鮮空氣對我有好處。我是一朵花啊！」

「可是那些蟲子和野獸……」

「既然我想認識蝴蝶，就應該接受兩、三條毛毛蟲的叮咬啊！我覺得這樣也不錯，要不然還有誰會來看我呢？你要離開到很遠的地方去了。至於野獸，我根本不害怕。我也有我的利爪呀！」

花兒天真的亮出她的四根小刺。接著又說：「別那麼拖拖拉拉，這很讓人心煩。既然你已經決定要走了，那就走吧！」

因為她不願意讓小王子看到她在流淚。她是一朵如此驕傲的花啊……

愛，反使我們互相折磨

第四章　星球穿梭

國王

小王子的星球附近，還有325號、326號、327號、328號、329號和330號小行星。為了讓自己有事可做、增長見聞，小王子打算一一拜訪這些行星。

第一顆小行星上住著一位國王。

這位國王身穿鑲邊的銀色貂皮大衣，端正的坐在他那張非常簡樸、卻氣派莊嚴的寶座上。

「哈，看啊！來了一位臣民。」國王看見小王子時，大聲歡呼起來。

可小王子覺得很疑惑：他以前並沒有見過我，怎麼會認識我呢？

小王子不知道，對國王來說，世界是非常簡單的：所有的人都是他的臣民。

「你走近一點，讓我好好看看你！」國王說道。他覺得非常自豪，他終於是某個人的國王了。

小王子看了看周圍，想找一個可以坐的地方，但是，這個小星球卻被國王那華貴的銀色貂皮長袍占滿了，所以小王子只能站著。因為很疲倦，他忍不住打了個哈欠。

「在國王面前打哈欠，這成何體統？」國王對他說：「我禁止你打哈欠！」

「可是我忍不住呀！」小王子感到一絲愧疚。「我走了好長好長的路，一直都沒有睡覺……」

「既然如此，」國王回答：「那我就允許你打哈欠吧！我有好多年沒看到人打哈欠了。打哈欠真是件稀奇事啊！快，快啊！再打一個！這是命

令！」

「我被嚇到打不出來了……」小王子紅著臉，結結巴巴的說。

「嗯，嗯！」國王說：「那麼我命令你晚點再打哈欠，晚點再打……」

國王嘴裡不停的嘟噥，看上去不太高興。因為國王非常重視自己的威嚴，人們必須絕對服從他的權威。他不能容忍人們有一絲一毫的反抗，他確實是一個專制的君主。不過，因為他很善良，所以他下的命令大多非常通情達理。

「要是我命令一位將軍變成一隻海鳥，而這位將軍不服從命令，這不是那位將軍的錯，而是我的錯。」他常常這麼說。

「我可以坐下嗎？」小王子怯生生的問道。

「我命令你坐下。」國王回答，並把他那銀色貂皮大衣的衣角朝自己身邊拉了拉。

小王子感到很疑惑。這麼小的星球，國王能統治些什麼呢？

「陛下……」他對國王說：「我請求陛下允許我提個問題……」

「我命令你提問。」國王迫不及待的說。

「陛下，您在這裡統治什麼呢？」

「一切！」國王不假思索的回答。

第四章 星球穿梭

「一切？」

國王大手一揮，指向他的小行星、別的行星和所有的星球。

「這些全歸您統治？」小王子疑惑的問。

「是的，都歸我統治……」國王答道。

這麼說來，這位國王不僅是一個專制的君主，他還統治了整個宇宙！

「那些星星都臣服於您？」

「當然。」國王說：「它們當然臣服於我。我不容許有任何反抗。」

這麼大的權力讓小王子驚歎不已，如果他也能擁有這樣的權力，那麼他就可以在一天之內看不只四十三次落日，他可以看七十二次，甚至一百次或者兩百次，連椅子都不需要挪一下！想到這裡，小王子突然想起自己離開已久的星球，忍不住有些感傷。於是，他鼓起勇氣，向國王提出了一個請求：

「我真想看一次日落……請您命令我看太陽下山吧！如果能看一次日落，我會非常高興的……」

「如果我命令一位將軍像一隻蝴蝶那樣，從一朵花飛向另一朵花；或者命令他寫一齣悲劇；或者命令他變成一隻海鳥，而這位將軍沒辦法執行這個命令，那麼，這是誰的錯呢？是我的錯，還是他的錯？」

「當然是您的錯啊！」小王子回答得十分乾脆。

「沒錯。一個人在要求另一個人的時候，他要先看看那個人是否具備這種能力。」國王接著說：「權威的首要條件是建立在合理的基礎上。如果你命令你的臣民去跳海，那麼一定會被拒絕，他們甚至有可能會造反。我之所以有權要求臣民服從於我，就是因為我的命令合情合理。」

「那麼我想看的日落呢？」小王子想起他的請求。只要是他提出的問題，他是永遠不會遺忘的。

「你會看到日落的，我會命令太陽下山。只是，按照我的統治經驗，我要等到時機成熟的時候才能下達命令。」

「那要等到什麼時候呢？」小王子問。

回答前，這位國王先查看了一本巨大的日曆。「嗯，嗯……可能在今天晚上七點四十分左右！那時，你就能看到太陽是多麼服從於我的命令了！」

小王子打了一個哈欠，他因為錯過觀看落日的時機而感到懊惱和遺憾，而且，他現在也覺得有些無聊了。

「這裡也沒什麼事可以做了。」小王子說：「我還是去別的地方吧！」

「別走，」國王不希望他離開，他好不容易才有了一個屬於他的臣民，「別走，我任命你當大臣。」

「什麼大臣？」

「嗯……司法大臣吧！」

「可是您這裡根本就沒人讓我審判啊！」

「那可不一定，」國王說：「我還沒有巡視過我的王國呢！我太老了，可是這裡沒地方安置車輛，走路又太累了。」

「哦！可是我已經看過了。」小王子轉過身，朝小行星的另一端張望了一下，「那邊也沒有人……」

「你應該檢討自己才對。」國王說道，「這是最難的事情。審判自己要比審判別人難多了！如果你有機會好好的反省自己，那才是真正的智者。」

「可是，」小王子說：「我隨便到哪裡都可以進行自我反省，不一定非要待在您這裡啊！」

「嗯，嗯！」國王說：「我想，在我的星球上不知什麼地方，有一隻很老的老鼠。

我經常在晚上聽到牠的動靜。你可以審判這隻老鼠嘛！你可以一次又一次的審判牠，這樣一來，牠的小命就全憑你處置了。但是，千萬不能真的判牠死刑，最後要記得赦免牠，要知道，我這裡可就只剩這麼一隻老鼠了！」

「我不喜歡審判老鼠。」小王子說：「我想，我現在真的該出發了。」

「不行。」國王說。

小王子執意要走，可是他又不想讓老國王難過，於是他說：

「陛下既然如此重視臣民服從命令，那麼，陛下現在給我下道命令吧！比如說，您可以命令我在一分鐘之內離開這裡。我想，下命令的時機已經到了……」

國王沉默了。小王子起先還在猶豫，然後歎了口氣，便毅然啟程了。

「我任命你當我的大使！」國王慌忙朝小王子喊道。到這個時候，國王還是裝出一副很有威嚴的樣子。

「大人們真是太奇怪了！」旅行途中，小王子不禁喃喃自語道。

愛慕虛榮的人

小王子旅行經過的第二個星球上，居住著一位非常愛慕虛榮的人。

「啊，有位崇拜者來看我了！」這位愛慕虛榮的人遠遠看到小王子，就大聲喊了起來。

在他眼裡，所有的人都是他的崇拜者。

「您好。」小王子說：「您這頂帽子真有趣！」

「這是用來致意的。」愛慕虛榮的人回答：「有人為我歡呼時，我就用這頂禮帽向他們致意。不過

很可惜，一直都沒有人經過這裡。」

「是嗎？」小王子問，他沒明白那人的意思。

「你用一隻手去拍你的另一隻手。」於是愛慕虛榮的人這麼教小王子。

小王子照著做，隨後連續拍起手來。這時，愛慕虛榮的人故作謙虛的摘下禮帽，向小王子揮帽致意。

「這裡比國王那裡有趣多了！」小王子心想。

小王子接著繼續為愛慕虛榮的人鼓掌，對方就又摘下帽子禮貌的致意。

就這樣玩了五分鐘，小王子開始覺得厭煩。

「要是您沒了禮帽，那該怎麼辦？」小王子問道。

愛慕虛榮的人卻沒有理會他。只要是愛慕虛榮的人，都只喜歡聽讚美的話。

「你真的很崇拜我嗎？」他問小王子。

「『崇拜』是什麼意思？」

「崇拜的意思，就是你認為我是這個星球上長得最英俊、穿著最時尚、最有錢、最聰明的人。」

「可是，這個星球上只有您一個人呀！」

「你還是崇拜我吧，這樣我會很高興的！」

「我崇拜您？」小王子一邊說，一邊微微聳了聳肩，「可是，有人崇拜有什麼用呢？」隨後，小王子離開了那裡。

「大人們真是太奇怪了！」路上，小王子自言自語的說著。

醉漢

小王子到了下一個行星，上面住著一名醉漢。

這次到訪的時間很短暫，但是卻讓小王子陷入深深的惆悵。

他看見這位醉漢安靜的坐在桌前，前面放著一堆空酒瓶，身邊還擺著許多裝得滿滿的酒瓶。

「您在做什麼呢？」小王子問道。

「我在喝酒。」醉漢一臉憂鬱的答道。

「您為什麼要喝酒？」小王子又問。

「為了忘卻。」醉漢說。

「您想忘記什麼呢？」小王子突然覺得有點同情他了。

「我想忘了讓自己感到羞愧的事情。」醉漢垂著腦袋，迷迷糊糊的說著。

「是什麼讓您覺得羞愧呢？」小王子又問，他很想幫他。

「因為喝酒而羞愧。」說完這句話，醉漢就再也不說話了。

小王子帶著困惑離開了這個星球。

「大人們真是太奇怪了！」旅途中，小王子這麼想著。

商人

小王子經過的第四個星球上，住著一位商人。這個人實在是太忙了，連小王子來了，他都沒抬頭。

「您好。」小王子跟他打招呼：「您的香煙熄了。」

「三加二等於五。五加七等於十二。十二加三等於十五。你好。十五加七等於二十二，二十二加六等於二十八。我現在沒空點煙。二十六加五等於三十一。

哈！結果是五億一百六十二萬二千七百三十一。」

「五億什麼？」

「啊！你怎麼還在這裡？五億一百萬……我也不記得了……我要做的事情太多了！我在忙正事，沒時間跟你閒聊。二加五等於七……」

「到底是五億一百萬個什麼？」小王子又問了一遍，他從來不會漏掉自己的問題。

商人這才抬起頭。

「我在這個星球上住了五十四年，只被打擾過三次。第一次是二十二年前，有一隻金龜子，不知道是從哪裡掉下來的，牠弄出一種特別刺耳的噪音，害得我在一筆帳裡出了四個差錯。第二次是十一年前，我的風濕病發作，動彈不得。我平時沒時間去鍛鍊，我有很多正事要做，沒時間去做別的事。第三次就是你！我剛才說到五億一百萬……」

「到底五億一百萬個什麼？」

商人明白，如果他不回答這些問題，就別想安靜了。

「五億一百萬個人們平時能在天空中看到的小東西。」

「是蒼蠅嗎？」

「不，當然不是。是會閃閃發光的東西。」

「蜜蜂？」
「不是，不是。不是那些無所事事的人看了會異想天開的小東西。我是個做正事的人，沒有胡思亂想的時間。」
「哦！是星星嗎？」
「對啦！就是星星。」
「可您要五億一百萬個星星有什麼用呢？」
「五億一百六十二萬七百三十一個！我是個認真的人，要講究精準。」
「可您到底要拿它們做什麼呢？」
「我要拿它們做什麼？」
「對啊！」
「不做什麼。我擁有它們啊！」
「您擁有星星？」
「對。」
「可是，我遇到過一個國王，他……」
「國王是不會『擁有』什麼的，他們只是『統治』。這是完全不同的。」

「擁有這些星星對您有什麼好處呢？」
「可以讓我變得富有。」
「您變得富有了，那又有什麼用呢？」
「如果有人發現了別的星星，我就可以去買啊！」
小王子心想，這位商人跟那個醉漢真像啊！
雖然如此，小王子還是接著問。
「人怎麼能擁有星星呢？」
「不然它們屬於誰？」商人不太高興的反問。
「不知道，可能不屬於誰。」
「那麼它們就是我的。因為我是第一個這麼想的人。」
「這樣也可以嗎？」
「當然。當你發現一顆不屬於任何人的鑽石時，那顆鑽石就是屬於你的。當你發現一座不屬於任何人的島嶼時，那座島就是你的了。如果你最先想出一個古怪的想法，趕快去申請發明專利，這樣這個想法就會專屬於你。我現在就擁有這些星星，因為在我之前沒有人想過要擁有它們。」

「說的也是。」小王子說：「可是，它們有什麼用呢？」

「我管理它們。我會一遍又一遍的計算它們的數量。」商人說：「這可不是鬧著玩的。我是個做正事的人。」

小王子聽了還是不滿意：「如果我有一條圍巾，那我就把它圍在脖子上帶走；如果我有一朵花，我就把它摘下來帶走。可是您沒法把星星摘下來呀！」

「沒錯，但是我可以把它們存到銀行裡。」

「這是什麼意思？」

「就是說，我把星星的總數寫在一張小紙片上，然後把這張紙片放進一個抽屜裡鎖好。」

「就這樣？」

「這樣就可以了。」

「真有趣！」小王子想：「這其實滿詩情畫意的，但也不算什麼正事啊！」

小王子對正事的看法，跟大人們對正事的看法的確很不一樣。

「我有一朵花，」小王子說：「我每天給她澆水。我有三座火山，我每個星期都幫它們清理一遍。我也會整理那座死火山，因為不曉得它還會不會噴發。我擁有它們，這對它們來說是一件好事，對火山有好處，對花兒也有好處。可是，你擁有星星，對它們卻一點好處都沒有。」

商人張著嘴，一時間說不出話來。於是，小王子離開了。

「大人們真是太奇怪了！」小王子唸了幾句，又踏上旅途。

點燈人

小王子途經的第五個行星非常特殊，是他到過的行星當中最小的一個，上面只能容納一盞路燈和一位點燈人。

小王子覺得很疑惑，在天空的這一個角落，在這個既沒有房子又無人居住的小星球上，一盞路燈和一個點燈人有什麼用呢？不過他還是對自己說：

「這位點燈人可能不太正常。但是跟那位國王、那位愛慕虛榮的人、那位商人和那位醉漢比起來，他還是正常多了。至少他的工作有意義。他點燃路燈，你可以認為這盞路燈為穹蒼增添了一顆星星，或者喚醒了一朵花。當他熄滅街燈時，就好比那顆星星隕落了，或者那朵花安然入睡了。這聽起來是一件很美的事情。美好的事情總是有價值的。」

一到這個小星球，小王子就恭敬的問候這位點燈人。

「早安。您剛才為什麼要把這盞路燈熄滅呢？」

「這是規定。」點燈人回答，同時也問候小王子，「早安。」

「是什麼規定呢？」

「熄滅路燈的規定。晚安。」說著，他又點燃了路燈。

「那您剛才為什麼又點燃它呢？」

「這是規定。」點燈人說。

「我不明白。」小王子說。

「這沒什麼好明白的。」點燈人說：「規定就是規定。早安。」

說著，他又把燈熄滅了。

然後，他用一塊紅色方格手帕擦了擦額頭，說：「我做的是一件非常累人的工作。以前還好，天一亮，我就把燈熄滅，等天黑了再點燃它。白天的其他時間我可以休息，晚上我還有時間睡覺……」

「後來規定改變了嗎？」

「規定倒是沒變，」點燈人說：「可是不幸的地方就在這裡。這個星球轉得一年比一年快，但是規定卻一直沒有改變！」

「結果呢？」小王子問道。

「結果，現在每分鐘轉一圈，我連一秒鐘的休息時間都沒了。我要在一分鐘內點一次燈、熄一次燈。」

「這太有趣了！您這裡一天只有一分鐘。」

「這一點也不有趣！」點燈人說：「我們說話的時候，已經過了一個月。」

「一個月？」

「對。三十分鐘。三十天。晚安。」說著，他又點燃了路燈。

小王子看著他，心裡很喜歡這個盡忠職守的點燈人。他想起了自己以前不停挪椅子看日落的事情，很想幫助這位朋友。

「如果您願意，我有一個辦法，可以讓您休息一下。」

「那太好了，我一直想休息。」點燈人說。

看來，一個人在忠於職守的同時，也可能想著偷懶呢！

小王子接著說：「您的星球這麼小，您走三步就可以繞一圈了。所以，只要您走得慢一點，就可以一直待在太陽下了。如果您想休息的話，就往前走，您想白天有多長，就有多長。」

「這可不是什麼好辦法。」點燈人說：「我平時最喜歡的就是睡覺了。」

「那就沒辦法了。」小王子說。

「看來是沒辦法了。」點燈人說：「早安。」說著他熄滅了路燈。

小王子繼續他的旅行，一路上，他一直在想：國王也好、愛慕虛榮的人也好、醉漢也好、商人也好，他們可能會看不起點燈人。可是，點燈人卻是他們當中唯一一個，自己不覺得可笑的人，因為他所做的事情是為所有人著想。

小王子惋惜的歎了口氣，自言自語道：「在這麼多人裡，他是我見過唯一一個值得當朋友的人，可惜他的星球實在太小了，擠不下兩個人……」

小王子不願意承認，其實他最想念的，是這個小星球上每天都能看到一千四百四十次日落。

地理學家

小王子途經的第六顆行星，體積有第五顆的十倍大。上面住

著一位老先生，他曾寫過很多很多的書。

「看啊！來了一位探險家！」他一看見小王子，就熱情的喊道。

小王子在桌子邊坐下，他有些氣喘吁吁，因為他已經走了很長的一段時間。

「你是從哪裡來的？」老先生問小王子。

「這本書這麼厚，是什麼書啊？」小王子問：「您又在這裡做什麼呢？」

「我是地理學家。」老先生說。

「什麼是地理學家？」

「地理學家是學者，他知道哪裡有海、哪裡有河，哪裡有城市、山脈和沙漠。」

「這可真有趣啊！」小王子說：「這才是一個真正的職業。」

說著，他朝這個星球的四周看了看，他還從來沒有見過這麼雄偉壯麗的星球。

「您的星球真美呀！這裡有大海嗎？」

「這個我就不知道了。」地理學家說。

「啊？」小王子覺得很失望，「那這裡有山嗎？」

「這個我也不知道。」地理學家回答。

「那這裡有河流和沙漠嗎？」

「我也不知道。」

「可是，您不是地理學家嗎？」

「是的。」地理學家說：「但我不是探險家。我這裡就缺一位探險家了。地理學家不會去探測那些城市、河流、山脈、沙漠和海洋。地理學家太重要了，這些不值得讓他到處跑來跑去。他從來不離開他的辦公室，但是他會接見探險家，並把他們探險所得到的資訊記錄下來。如果哪一位探險家的資訊值得重視，地理學家就會找人對這位探險家的道德品行進行查核。」

「這是為什麼呢？」

「因為如果這位探險家撒謊了，那麼他就會給地理學家的書籍帶來災難，尤其是那些經常喝酒喝得醉醺醺的探險家。」

「為什麼？」小王子問道。

「因為醉漢會把一樣東西看成兩樣，這樣一來，根據他們的講述，地理學家可能會把原來有一座山的地方寫成有兩座山了。」

「我認識一個人，」小王子想起了那個醉漢，「他就不能當探險家。」

「有可能。所以，一個探險家唯有品德良好，人們才會去核實他的發現。」

「要去實地調查嗎？」

「不用，那太麻煩了。探險家只要能拿出物證就可以了。比如說，如果他發現一座大山，地理學家會要求他拿出一塊大石頭做為證據。」

說著說著，地理學家突然興奮起來：「對了，你應該是從一個很遠的地方來的吧？你就是探險家啊！跟我說說你的那顆星球吧！」

地理學家打開他的筆記本，削尖鉛筆。

地理學家一開始只用鉛筆記錄探險家所講述的事情，直到探險家能拿出證據時，地理學家才改用鋼筆來記錄。

「現在可以開始了。」地理學家說。

「哦！」小王子說：「其實沒什麼可以記錄的，我的星球實在太小了。我有三座火山：兩座活火山、一座死火山。不過這座死火山也有可能會再噴發。」

「說不定。」地理學家說。

「我還有一朵花。」

「我們是不記錄花的。」地理學家說。

「為什麼？花才是最美的呀！」

「因為花的存在是短暫的。」
「什麼叫『短暫的』？」
「地理書，」地理學家說：「是所有圖書中最有價值的書籍，它們從來不會過時。一座山，不太可能移動它的位置；一片海洋，也不太可能會枯竭。地理學家的任務，是記錄這些永恆的東西。」
「可是死火山說不定哪一天能復活呢？」小王子打斷他的話：「什麼叫『短暫的』？」
「無論火山是活的，還是死的，對地理學家來說都是一樣的。」地理學家說：「我們關心的是山本身，因為它是不會改變的。」
「所以，什麼叫『短暫的』呢？」小王子繼續追問。一旦他提出了什麼問題，不得到答案他是絕對不會罷休的。
「『短暫的』是指可能隨時會消失。」
「您是說，我的花隨時會消失？」
「當然。」
「我的花隨時會消失……」小王子心裡默默的說：「她只有四根刺可以保護自己、

抵禦這個世界可能發生的危險，可是我居然把她獨自留在那裡！」

想到這裡，小王子突然覺得有些後悔。不過，他很快就振作起來。

「您覺得，我接下去應該去哪裡呢？」小王子問道。

「去地球吧。」地理學家回答說：「地球滿有名的。」

於是，小王子啟程了。可是在他心裡，依舊對自己的那朵花念念不忘……

旅行所代表的不僅僅是看遍各地風景，
而是一次持續、而永久的機會，讓我們
得以不斷發掘生活的真諦。

第五章　抵達地球

於是，小王子旅行途經的第七個星球，就是地球。

在這裡，如果算上非洲的黑人國王，一共有一百一十一個國王、七千位地理學家、九十萬個商人、七百五十萬個醉漢、三億一千一百萬個愛慕虛榮的人，總共大約有二十億個大人。

為了方便你們瞭解地球到底有多大……這麼說吧，在發明電以前，地球的六大洲上，擁有一支由四十六萬兩千五百一十一個點燈人組成的龐大隊伍。

從遠處看，那是十分壯觀的景象！這支隊伍人人訓練有素，就像在歌劇院裡表演芭蕾舞那樣整齊。

最先上場的是紐西蘭和澳洲的點燈人。他們點完路燈後，就回去休息了。接著是中國和西伯利亞的點燈人上場。隨後是俄國人和印度人。接下去是非洲人和歐洲人，然後是南美洲，再後來是北美洲的點燈人。所有點燈人都不會弄錯自己上場的順序。這樣的場面太了不起了！

第五章　抵達地球

北極和南極的點燈人最悠閒，他們只需要點燃一盞街燈就可以了：因為他們每年只忙兩次。

如果一個人想把話說得有趣一點，有時難免會說得誇張一些。我在跟你們講點燈人的故事時，說的就不完全真實。那些對我們行星不太瞭解的人，聽了這樣的故事，可能會產生一些錯誤的印象。

其實，在地球上，人們所占的空間很小。如果生活在地球上的所有人全聚集在一起站好，一個長二十海里、寬二十海里的廣場就能容納所有人。那麼，太平洋中最小的島嶼，其實就裝得下全人類。

當然，大人是不會相信這些話的。他們總以為自己占了很大空間，覺得自己跟猴麵包樹一樣重要。你們不如建議他們仔細計算一下。

只要說到數字和計算，他們就會興致高昂。不過千萬別浪費太多時間在這件事上，這些並不重要，相信我。

★　★　★

所以，當小王子抵達地球時，他沒有看見任何人，這令他相當驚訝。正當他擔心是不是跑錯星球的時候，忽然看見一個閃著光的圓環在沙地上挪動。

「晚安。」小王子向他打招呼。
「晚安。」蛇回答。
「我在哪個星球上呀？」小王子問。
「地球。這裡是非洲。」蛇答道。
「喔！那麼，地球上怎麼沒有人呢？」
「這裡是沙漠，沙漠裡是沒有人的。地球很大！」蛇說。
小王子在一塊石頭上坐下，抬頭望著天空。
「我在想，」小王子說：「這些星星在天上不停閃閃發光，是不是想讓每個人都能找到屬於自己的那顆星星啊？你看我的那顆星星，現在就在我們頭上！可是，它現在離我好遠啊！」
「它真美。」蛇說：「你到這裡來做什麼？」
「我和我的花吵架了。」小王子說。
「哦！」蛇說。
接著，他們都沉默了。
「人們都在哪裡呢？」小王子終於開口問道。「置身在沙漠裡，真是讓人感到孤獨啊……」

「可是在人群當中也會覺得孤獨的。」蛇說。

小王子凝視著蛇。

「你真奇怪，」小王子說：「和手指一樣細……」

「可是我比國王的手指更有力！」蛇說。

「厲害不到哪裡去吧……你連腳都沒有，根本無法出遠門！」

「我可以把你帶到很遠的地方去，比一艘船能帶你去的地方還要遠。」蛇說。

接著，牠把自己盤在小王子的腳踝上，就像一條腳鏈。

「只要是我碰過的人，我都能把他們帶回他們來的地方。」蛇接著說：「可你這麼單純，又是從另外一顆星球來的……」

小王子沒有說話。

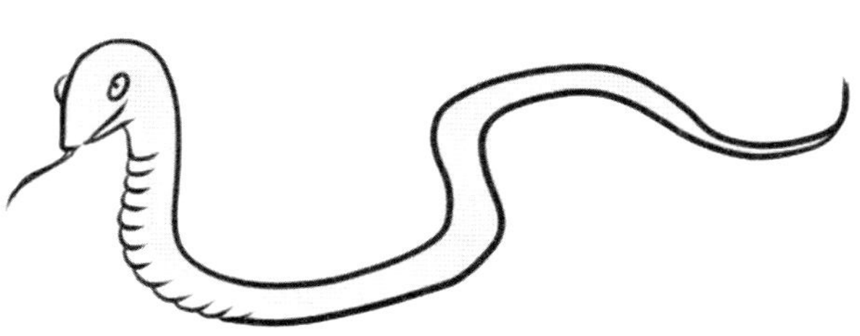

「你在這個花崗石構成的地球上顯得那麼弱小，我覺得很可憐。哪天你要是非常非常想念你自己的星球時，我可以幫助你。」

「哦！我明白你的意思。」小王子說：「不過，你說話為什麼都像是在說謎語一樣？」

「這些謎底我都可以揭開。」蛇說。

然後，他們又都安靜了。

★　★　★

小王子穿過沙漠，碰到一朵長著三片花瓣的花。這朵花並不起眼。

「你好。」小王子說。

「你好。」花回答。

「人們都在哪裡？」小王子禮貌的問。

以前，花曾看見過一支駝隊經過，於是說：「人？我記得，這裡曾經有六、七個人走過，可是那都是好幾年前的事情了，誰也不知道他們現在在哪裡。風把他們吹來吹去的，他們沒有根，這對他們來說實在太糟糕了。」

「那就再見了。」小王子說。

「再見。」花說。

小王子爬上一座高山。以前，他所認識的山，只有自己星球上那三座和他的膝蓋一樣高的火山。那座死火山，他還把它當成椅子坐呢！

小王子想：「從這麼高的山上望下去，應該一眼就能看到整個星球和這個星球上所有的人們。」可是，他只能看到懸崖峭壁。

「你們好。」小王子打著招呼。

「你們好……你們好……你們好……」回答他的是一片綿延不斷的回音。

「你們是誰呀？」小王子問。

「你們是誰呀……你們是誰呀……你們是誰呀……」又是一片空蕩蕩的回音。

「請做我的朋友吧！我很孤單。」小王子說。

「我很孤單……我很孤單……」山谷中仍是一片不斷重複的回音。

「這顆行星可真奇怪！」小王子心想：「這裡好乾燥、崎嶇不平，一點都不好玩，人們一點想像力也沒有，只會不斷重複別人的話……在我的星球上，我的花總會先開口說話。」

當小王子在沙漠、山崖和雪地上走了很長時間之後，他才終於找到一條路。所有的路都是通往有人居住的地方。

★　★　★

「你們好。」他說。

這裡是一個玫瑰盛開的花園。

「你好。」玫瑰們說。

小王子仔細的看了看她們，她們都長得跟他那朵花一模一樣。

「你們是什麼花呀？」小王子驚訝的問。

「我們是玫瑰花。」玫瑰們答道。

「哦！」小王子說，他感到非常傷心。他的花曾跟他說過，她是宇宙中獨一無二的花。可是在這個花園裡，有五千朵跟她長得一模一樣的玫瑰花。

「要是讓她看到，」小王子心想：「她一定會非常生氣……肯定又會不停咳嗽、假裝要死去的樣子，免得讓人嘲笑。而我得照顧她，否則，為了讓我無地自容，她也許真的會讓自己死去……」

小王子心裡不禁暗自傷神。

「我還以為我擁有了宇宙中獨一無二的花，可她卻只是一朵普普通通的玫瑰花。光是那朵花，還有三座只到我膝蓋高的火山，其中還有一座死火山，只有這些，我還算什麼王子啊……」

小王子想到這裡，忍不住趴在草地上傷心的哭了起來。

幾百萬年以來花都在造著刺，
幾百萬年以來羊仍然在吃花

第六章　狐狸與小王子

就在這時，來了一隻狐狸。

「你好啊！」狐狸向小王子打招呼。

「你好。」小王子先是禮貌的回答，然後轉過身，可是什麼也沒有看到。

「我在這裡，」那聲音說：「在蘋果樹底下。」

「你是誰呀？」小王子問狐狸。「你好漂亮啊！」

「我是一隻狐狸。」狐狸答道。

「跟我一起玩吧！」小王子提議。「我現在好傷心。」

「我不能和你玩。」狐狸說：「我還沒有被馴服呢！」

「哦，對不起。」小王子說。

他想了一想，又問：「什麼叫『馴服』呀？」

「你不是這裡的人吧？」狐狸說：「你到這兒找什麼呢？」

「我來找人。」小王子說：「你說的『馴服』是什麼意思？」

第六章　狐狸與小王子

「人？」狐狸說：「他們有獵槍，還用獵槍打獵，太討厭了！不過他們也養雞，這點倒還不錯。你也在找雞？」

「不是。」小王子回答：「我在找朋友。什麼是『馴服』？」

「馴服……」狐狸說：「這是被人們遺忘了很久的事情。『馴服』的意思是，互相信任。」

「互相信任？」

「對呀！」狐狸說：「在我眼裡，現在的你只是一個小男孩，跟其他成千上萬的小男孩沒什麼區別。我不需要你，你也不需要我。對你而言，我也只是一隻狐狸，和其他成千上萬的狐狸沒有差別。但是，如果你馴服我，那我們就會互相需要。對我來說，你就會是世界上獨一無二的；對你來說，我也會是獨一無二的……」

「我有點明白了。」小王子說：「有一朵花……我想她把我馴服了。」

「這有可能。」狐狸說：「在地球上，各式各樣的事情都可能發生。」

「可是我說的，並不是發生在地球上的事情。」

「在另一個星球上？」狐狸顯得很好奇。

「是的。」

「在那個星球上，有沒有獵人呢？」
「沒有。」
「啊，這很好。那有雞嗎？」
「沒有。」
「看來世界上沒有兩全其美的事情。」狐狸歎息道。
隨即，狐狸又說回原來的話題。牠對小王子說：
「我的生活真單調啊！我追雞，人追我。所有的雞都長得一個模樣，所以我有點膩了。不過，要是你能馴服我，那麼我的生活就會變得充滿陽光。到時，我就能分辨出你的腳步聲。聽到別人的腳步聲，我會馬上鑽到地洞裡去；而聽到你的腳步聲，我會覺得這聲音跟音樂一樣優美，將我召喚到洞外。還有，你看，你有看見那塊麥田嗎？我是不吃麵包的，麥田對我一點用都沒有，對我沒什麼吸引力，實在讓人難過。但你的頭髮是金黃色的，所以，一旦你把我馴服了，一切就會變得很美好，麥田的金黃色會讓我馬上想起你來。這樣，我也會喜歡上田野裡清風吹拂麥浪的聲音……」
狐狸停住話語，凝視著小王子。
「請你馴服我吧！」狐狸請求。

「我很願意，」小王子說：「但是，我沒有那麼多時間。我要去找朋友，要去瞭解很多事情。」

「人們只能真正瞭解那些被他們馴服的東西。」狐狸說：「人們沒有時間去瞭解別的，他們在商店裡總能買到現成的東西。可是，因為商店裡沒有販賣『朋友』，所以人們就找不到朋友。如果你想有個朋友的話，那就把我馴服吧！」

「那我要怎麼做呢？」小王子問。

「你要很有耐心。」狐狸回答：「剛開始的時候，你要先坐在離我稍微遠一點的草地上。我呢，會用眼角瞥瞥你。你什麼也不用說，語言容易讓人產生誤解。就這樣，你每天都要坐得離我更近一點……」

第二天，小王子又來了。

「你最好每天都在同一個時間過來。」狐狸說：「比如，如果你下午四點過來，那麼三點的時候，我就會開始感到開心。隨著時間越來越近，我的幸福感也越來越強烈。到四點鐘的時候，我就會興奮得坐立不安、心慌意亂。我會真切的體會到幸福！可是，如果不知道你什麼時候會來的話，我就不曉得該從什麼時候開始期待。所以說，有個約定會比較好。」

「什麼叫約定？」小王子問。

「這也是一種被人們遺忘的東西，」狐狸說：「就是訂下一天，讓這一天與眾不同，或是訂下一個小時，讓這個小時與眾不同。比如說，我與獵人們也有一個約定，他們每個星期四都要和村裡的姑娘們跳舞。所以對我來說，星期四就是一個美妙的日子。這一天，我可以到他們的葡萄園去散散步。如果獵人們跳舞的日子沒有固定時間，那不是每天都一樣了嗎？這樣的話，我就沒有假期了。」

就這樣，小王子馴服了狐狸。

而後，眼看著分別時刻就要到了……

「哎！」狐狸說：「我想哭了。」

「這是你自己的錯。」小王子說：「我

本來不想讓你痛苦的，可是你非要我馴服你不可……」

「是的。」狐狸說。

「可是你都快要哭了。」小王子說。

「沒錯。」狐狸說。

「結果你什麼好處都沒有得到。」

「我得到了。」狐狸說：「我得到了麥田的金黃色。」

狐狸隨即又說：「你再去看看那些玫瑰花吧！你會明白，你的那朵玫瑰花是宇宙中獨一無二的玫瑰花。然後你再回來跟我道別，到時我要告訴你一個祕密，作為送給你的臨別禮物。」

於是，小王子去跟玫瑰們告別。

「你們跟我的玫瑰花一點也不像，你們什麼都不是。」小王子對她們說：「你們還沒有馴服誰，也沒有被誰馴服。現在的你們，就跟之前的狐狸一樣。牠曾經跟其他成千上萬的狐狸沒什麼差別，可是現在，牠已經是我的朋友了。因此，牠現在就是這世界上獨一無二的狐狸了。」

玫瑰們聽了，感到十分尷尬。

「你們很美，但是也很空虛。」小王子接著說：「沒人會為了你們犧牲。當然，在一個路人的眼裡，我的那朵玫瑰花跟你們一樣。可是對我來說，她是唯一的，比你們任何一個都要重要。因為我曾為她澆過水，用玻璃罩幫她擋過風，為她捉過蟲子（除了兩、三隻能變成蝴蝶的蟲子）。而她呢，向我傾訴她的怨言或者驕傲，甚至是沉默，所有的一切，都是因為，她是我的玫瑰花。」

說完，小王子就回到了狐狸那裡。

「再見。」他說。

「再見。」狐狸說：「我要告訴你的祕密很簡單：用心去感覺才是真實的。真正重要的東西，用眼睛是看不見的。」

「真正重要的東西，用眼睛是看不見的。」小王子重複著這句話，他要把它記在心裡。

「因為你在那朵玫瑰花身上付出了時間，才讓你的玫瑰顯得如此重要。」

「因為我在那朵玫瑰花身上付出了時間……」小王子又重複一遍，他也要記住這句話。

「人們已經忘記了這個真理。」狐狸說：「可是你千萬別忘了它。你所認識和熟悉的事物，你終生都要對它們負責。你要對你的玫瑰花負責……」

「我要對我的玫瑰花負責……」小王子重複著，他要把狐狸的話牢牢記住。

終幕漣漪

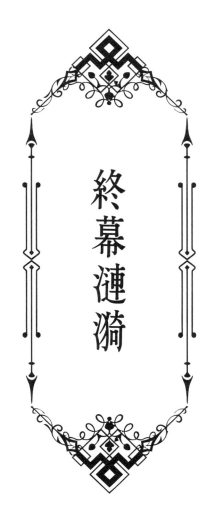

第七章　鐵路轉轍工和商販

「你好。」小王子說。

「你好。」轉轍工說。

「你在做什麼呢？」小王子問。

「我要把成千上萬的旅客分送出去。」轉轍工說：「列車載著他們，而我負責列車的方向，一會兒往左，一會兒往右。」

說著，一列燈火明亮的火車呼嘯而過，把轉轍工的小屋震得不停顫動。

「人們都好匆忙啊！」小王子說：「他們要去哪裡？他們在尋找什麼？」

「開火車的人也不知道。」轉轍工說。

說著，又一列燈火明亮的火車風馳電掣急駛而過，朝著另一個方向轟鳴而去。

「他們已經回來了？」小王子問。

「這不是剛才那列。」轉轍工說：「這是對面來的另一列。」

「他們不喜歡自己原來待的地方嗎？」

「人們對自己待的地方從來不會滿意。」轉轍工說。

這時，第三列燈火明亮的火車從轉轍工的小房子前面疾馳而過。

「他們是在追趕第一列車上的人嗎？」小王子問。

「他們不是在追趕誰。」轉轍工說：「他們在裡面睡覺，或者打哈欠。只有孩子才把鼻子貼在車窗上朝外張望。」

「只有孩子才知道他們想要什麼。」小王子說：「他們會花很多的時間在一個布娃娃身上，布娃娃對他們來說就是最重要的東西。要是有人要奪走他們的布娃娃，他們就會哭泣……」

「他們真幸運！」轉轍工說。

★　★　★

接著，小王子遇到了一個商販。

這是個賣神奇止渴丸的商販。據說，一個人如果吃了一顆止渴丸，他就可以很久都不需要喝水。

「你為什麼要賣這個東西呢？」小王子問。

「這是一個偉大的發明，它可以幫人們節約

時間。」商販說：「專家做過鑒定，人們服用了止渴丸後，每個星期可以省下五十三分鐘。」

「那節省下來的五十三分鐘要用來做什麼呢？」

「做什麼都可以。」

「如果我有這空閒的五十三分鐘，」小王子自言自語的說道：「我會慢慢的走到泉水旁邊。」

沙漠水井

這是我降落在沙漠上的第八天。我聽小王子講著止渴丸商販的故事，喝完了最後一滴儲備的水。

「哇！」我對小王子說：「你講的故事實在太有趣了。可是我的飛機還沒有修好，水也喝光了。要是我也能慢慢走到泉水邊就太好了。」

「我有個狐狸朋友……」小王子說。

「小傢伙，這可不關狐狸的事。」

「為什麼？」

「因為我們快要渴死了……」

他沒弄明白我的意思，他回答我說：「有個朋友真好，就算現在要死了，我還是這麼想。我真高興，我有了一個狐狸朋友……」

我想他完全沒有意識到我的困境。他從不感到饑餓，也不會乾渴，給他一點陽光就足夠了。

然而他看著我，彷彿看穿了我的心思。

「我也口渴……我們一起去找口井吧！」

我露出一臉疲憊。在這一望無際的沙漠中盲目的尋找井水，實在是太荒唐了。但是，我們還是上路了。

經過幾個小時的行走，夜幕降臨，星星在天空中閃耀。因為太乾渴了，我有點發燒。我仰望著天上的星星，彷彿在夢中一樣。這時，小王子的話不經意間又在我的腦海裡跳了出來。

「這麼說，你也渴了？」我問他。

他沒有回答我的問題，只是告訴我：「水對心靈也有好處……」

我沒有理解他的意思，我沉默著……我知道，現在問他也是徒勞無功。

小王子累了，他坐了下來。我在他身邊坐下。沉默了一會，他又說：「星星之所以美麗，是因為那裡有一朵讓人思念的花兒……」

「是啊。」我一邊回答，一邊默默看著月光下的沙漠褶皺。

「沙漠真美啊！」他又說道。

確實如此。我一直很喜歡沙漠。我們坐在一個沙丘上，什麼也不看，什麼也不聽；然而萬籟俱寂中，卻有些東西在閃閃發光……

「沙漠之所以美麗，是因為在某個地方隱藏著一口井。」

我愣了一下，突然明白為什麼沙漠綻放著光芒。小時候，我住在一座古老的房子裡，傳說房子裡埋藏著寶藏。當然，從來沒有人發現過這些寶藏，或許根本沒有人去尋找過。可是，寶藏卻讓整幢房子顯得異常神祕。因此對我來說，我家房子深處一直隱藏著一個祕密。

「我真高興，」小王子說：「你和我的狐狸的看法一樣！」

小王子睡著了，我把他抱在懷裡，重新上路。我有些激動，就好像抱著一個易碎的寶貝。我甚至覺得，再也沒有比他更柔弱的東西。月光下，我看著他蒼白的額頭、緊閉的雙眼，還有那隨風飄動的幾縷頭髮。我對自己說：「眼前我看到的只是軀殼，他內在的、心靈的東西，是肉眼看不到的……」

當小王子微微張開的嘴脣露出一絲笑意時，我又對自己說：「這個熟睡的小王子之所以打動我，是因為他對那朵玫瑰花的忠誠。那朵玫瑰花的影像，即使在他睡著的時候，仍然在他身上散發著光芒，就像一盞燈的火苗一樣……」想到這裡，我覺得眼前的小王子顯得更柔弱了。人們應該好好的呵護燈火，不然，一陣風就會讓它熄滅。

就這樣走啊走，第二天早上，我們終於找到了一口水井。

「人們拚命的往火車上擠，」小王子說：「卻不知道自己想到哪裡去。所以他們總是忙忙碌碌、跑來跑去……」

他接著說：「其實不用這麼辛苦啊……」

我們找到的這口井，跟撒哈拉沙漠中的其他井不一樣。撒哈拉沙漠中的井大多比較簡單，就只是人們在沙地上挖的洞而已。但我們找到的這口井，卻跟村莊裡的井很像。只是這裡並沒有村莊，這讓我以為自己還在做夢！

「真奇怪！」我對小王子說：「全部都準備好了，有滑輪、水桶、井繩……」

小王子笑了，他拉住井繩繞住滑輪，轉了起來。滑輪發出聲響，就像沉睡已久的風

車發出的聲音。

「你聽見了嗎？」小王子說：「我們把這口井喚醒了，它正在唱歌呢……」

我不想讓小王子太辛苦。「還是讓我來吧！」我對他說：「你搖不動的。」

我把水桶慢慢提出井面，將它穩穩的放上井欄上面。滑輪的歌聲還在耳邊迴響；水波蕩漾，星星也在顫動。

「這就是我想喝的水，」小王子說：「讓我喝點水吧……」

我終於明白小王子所要尋找的東西了。

我把水桶舉到他的嘴邊，他閉著眼睛，慢慢喝著水，表情陶醉。這水已經不只是一般的解渴之物了，它來自星光下的艱苦跋涉，來自滑輪的歌唱，來自我臂膀的力量。這是一份能滋潤心靈的禮物，就像我少年時聖誕樹上的燭光，午夜彌撒之際的音樂，人們笑臉上的溫暖，都讓我收到的禮物灑上光芒。

「這個地方的人們，」小王子說：「他們在一座花園裡種了五千朵玫瑰，卻沒有找到一朵他們想要的……」

「他們找不到……」我回答道。

「其實，在一朵玫瑰或者一滴水中，他們就能找到他們想要的……」

「說的沒錯。」我說。

小王子接著說：「要知道，眼睛是盲目的，他們應該要用心去尋找。」

喝了水，我的呼吸重新變得清晰均勻。沙漠在晨曦中泛著一層蜂蜜般的色澤。這種顏色讓我心頭洋溢著幸福的感覺，我還有什麼可憂傷的……

「你該實踐自己的諾言了。」小王子柔聲對我說，重新坐在我的身邊。

「什麼諾言？」

「你知道的……給我的羊畫個嘴套，我要對我的花負責。」

於是，我從衣袋裡掏出畫本。

小王子看了一眼，笑著說：「你的猴麵包樹畫的有點像高麗菜。」

「哦？」我還滿為我畫的猴麵包樹感到驕傲呢！

「你的狐狸……牠的耳朵看上去有點像兩隻角……再說，這也畫得太長了！」他大笑起來。

「這不公平。除了蟒蛇的外視圖和內視圖，我可沒畫過別的東西了！」

「哦，沒關係。」他說：「孩子們看得懂。」

我用鉛筆畫了一個嘴套。把畫遞給小王子時，我心裡很難過。「我還不知道你接下來有什麼打算呢……」

小王子沒有回答，只說：「你知道，我是掉到地球上來的。明天，就整整一年了……」

沉默了一會兒之後，他接著說：「我就是在這附近掉下來的……」

小王子的臉頰紅潤。

不知道為什麼，我再次感到一陣莫名的憂傷。這時，我突然想到一個問題。

「這麼說來，一個星期前我遇到你的那個早晨，你獨自一個人從這杳無人煙的沙漠中走來，並不是偶然囉？你想回到當初掉落的那個位置？」

小王子的臉又紅了。

我有些猶豫，還是接著說：「也許，你是為了周年紀念？」

小王子的臉再一次變紅。他往往不回答我的問題，但他臉紅的時候，也就意味著答案是對的，難道不是嗎？

「啊……」我歎息道：「我有些怕……」

小王子卻打斷我，說：「你現在該去工作了。你得回到你的飛機那裡。我在這裡等你。你明天晚上再來吧……」

可是我的心裡卻難以平靜。我想起了那隻狐狸。

一個人如果被馴服了，難免要感到傷心的……

只有用心看，才能看清楚。
重要的東西是眼睛看不見的。

第八章　約定返程

水井旁邊，有一面殘破的舊石牆。第二天晚上，當我工作完回來的時候，遠遠就看見小王子兩腳懸空、坐在斷牆上。我聽見他在說話。

「難道你不記得了嗎？」小王子說：「不是這裡。」

肯定有一個聲音在回答他，因為他又回答：

「是的，是的！是這一天，可是不是這個地方……」

我朝石牆走去，既沒有看見人影，也沒有聽見人的聲音。但是小王子又回答：

「是的。你能看見我的腳印從沙漠的什麼地方開始。你在那裡等我就可以了。今天晚上我會過去的。」

我離石牆只有二十公尺了，但我還是什麼都沒看見。

過了一會兒，小王子接著說：

「你的毒液有用嗎？你確定不會讓我痛苦很久吧？」

我心頭一陣難受，停下腳步，但還是不明白發生了什麼。

「現在，走吧！」小王子說：「我要跳下來了！」

這時，我朝牆腳看去，不由得嚇了一大跳！正面對著小王子的，是一條黃色的蛇，這種蛇只需要半分鐘就能置人於死地……

我一邊伸手掏槍，一邊飛奔過去。然而，我的腳步聲驚動了蛇。只見牠「嗖」的一聲鑽進石縫中去，彷彿噴泉滲入沙地，留下一陣輕微的金屬聲。

這時，我衝到石牆下，一把抱住臉色蒼白的小王子。

「這究竟是怎麼回事？你居然在跟蛇說話？」

我幫他鬆開脖子上長長的黃色圍巾，用水擦了擦他的太陽穴，又給他喝了點水。此時，我不敢再問他什麼了。

小王子嚴肅的看著我，用雙臂摟住我的脖子。我感覺到他的心跳，就像一隻被獵槍擊中、瀕臨死亡的小鳥。

小王子對我說：「我很高興，你終於把你的飛機修好了。你可以回家了。」

「你怎麼知道？」

我正想告訴他，就在剛才，像我希望的那樣，我終於把飛機的故障解決了。

他沒有回答我的問題，繼續說：「我今天也要回家了……」

然後，他更憂鬱的說：「我的家更遠、也更難回去……」

我感覺得到，有什麼非同尋常的事情要發生了。

我像抱小孩那樣緊緊摟著他，但我突然覺得，他正向著深淵墜落，而我完全無法把他拉住。

他遙望著遠方，目光嚴肅。

「我有你畫的綿羊，有你為牠準備的小箱子和嘴套……」

小王子憂傷的笑了。

等了很久，我才感覺到他的身體慢慢溫暖起來。

「小傢伙，你剛才在害怕……」

是的，他很害怕，可是他卻溫柔的笑著說：「今天晚上，我還會有更多的擔心和害怕呢……」

再一次，這種無法挽回的感覺將我定在原地。一想到再也聽不見他的笑聲，我就難過得無法自拔。他的笑聲對我來說，就像是荒漠中的清泉。

「小傢伙，我還想再聽聽你的笑聲。」

可是他卻對我說：「到今天晚上，就整整一年了。我的星球今天晚上會剛好抵達我掉落的位置。」

「小傢伙，告訴我，這些關於蛇、約定時間和你的星球，這些事情只是一場噩夢吧……」

他並沒有回答我的問題。

他說：「真正重要的東西，是看不見的……」

「是的……」

「就像花一樣。如果你喜歡上一朵花，而她在另外一顆星星上，當你在晚上仰望星空時，你會覺得很美，彷彿所有的星星都開滿了花。」

「是的……」

「這也跟井水一樣。昨天你給我喝的井水，有了滑輪和井繩，就像一首美妙的歌曲，你還記得吧？那多好聽啊！」

「是的……」

「夜晚，你要抬頭仰望星空。我那顆星球太小了，我沒辦法指給你看它在哪裡。但是這樣也好，對你來說，我的星球就是滿天星星中的一顆。所以，你會愛上所有的星星……它們都會成為你的朋友。我還要送你一件禮物……」

小王子笑了起來。

「啊！小王子，親愛的小王子，我多喜歡你的笑聲啊！」

「這正是我要送給你的禮物，就像那井水……」

「你想說什麼？」

「每個人都能看見星星，但每個人眼裡的星星都不相同。對旅行者來說，星星就是嚮導；對其他的人來說，星星只不過是微弱的亮光；對學者來說，星星是研究的議題；對商人來說，星星就是財富。但是，所有的星星都是安靜沉默的。而你呢，你將擁有和別人完全不同的星星……」

「你究竟想說什麼？」

「我就住在其中一顆星星上，當你晚上仰望星空時，你將會看到所有星星朝你微笑。因為我就在其中的一顆上朝你微笑，所以，對你來說，就像漫天星星都在向你微笑！」他又笑了起來。

「當你因此心情平靜時，你會因為認識我而感到高興。你會一直做我的朋友，會滿心歡喜的和我一起微笑。有時，你會打開窗子……當你的朋友們看到你獨自仰望著夜空微笑，他們一定會覺得驚訝。於是，你對他們說：『是的，星星可以讓我微笑！』他們可能會以為你瘋了……」說著，他又笑了。

「這樣一來，我給你的就不只是星星了，而是好多會笑的小鈴鐺……」說著他又笑了。但隨後他的臉色變得凝重起來，對我說：「今天晚上你不要來！」

「我不想離開你。」我說。

「到時候，我會看起來很痛苦……有點像快要死去的樣子。你還是不要看見比較好，這不重要……」

「可是我不想離開你。」

他露出一臉擔心的表情。

「和你說這些也是因為那條蛇的關係，你別讓牠咬到你……蛇很壞，牠們會無緣無故的咬你……」

「可是我不想離開你。」

這時，他似乎想到了什麼，覺得放心了一點。

「蛇咬第二口的時候，已經沒有毒液了……」

那天夜裡，我沒看見小王子是怎麼離開的。他悄無聲息的走了。當我好不容易追上他的時候，他正邁著堅定的步伐向前走去。

他只是對我說：「啊！你來了……」，然後拉起我的手往前走。

可是，他又不安起來，「你不該來的，這樣你會很痛苦。到時候我會看起來像死去一樣，可那不是真的……」

我沉默不語。

「你知道的，我住的地方太遠了，沒辦法帶著這個軀體回去，它太重了。」

我還是沉默。

「就像金蟬脫殼，我的身軀就這樣躺在那裡，你不用為空殼感到傷心……」

我還是沉默。

他有些氣餒，但還是重新振作起來，說：「你知道，會好的。我會望著滿天星星。所有的星星都會變成帶著滑輪的水井，所有星星都能讓我解渴……」

我依然默不作聲。

「這會很有趣的！你將擁有五億個鈴鐺，我將擁有五億口水井……」

小王子不再說話。因為他已經泣不成聲了……

「到了。讓我一個人走吧！」

說著，他坐了下來。因為他有點害怕。

他繼續說：「你知道，我的花、我要對我的花負責任……她是那麼柔弱和單純，雖然她有四根刺可以保護自己、不受外界傷害……」

我坐了下來，因為我實在站不住了。

他接著說：「好了……就這樣吧……」

他猶豫了一下，然後站起來，朝前邁了一步。而我，卻動彈不得。

只見小王子的腳踝，突然出現一道黃色的光。剎那間，他靜止不動了。他沒有喊叫，就像風中飄蕩的一片樹葉，輕輕落了下去。就這樣，沒有發出任何響聲，小王子靜靜的倒在沙漠中。

時間已經過去六年。

我從來沒有和人說過這個故事。同事們看到我還活著，都替我感到慶幸。我很悲傷，但我只是告訴他們，我是太累了。

現在，我的心情變得比較平靜，但並不是完全不受影響。我很清楚，小王子已經回到了他的星球上，因為那天天亮之後，我發現他的軀體不見了。其實，他的軀體也不是那麼沉重。

我喜歡在夜晚傾聽星星的聲音，那就像五億個小鈴鐺……

可現在，我突然想起來，事情出了點問題。我給小王子畫綿羊的嘴套時，忘了畫上嘴套的帶子！所以，小王子沒辦法把嘴套繫在綿羊的嘴上！

於是，我問自己：「這麼一來，他那個星球上，到底會發生什麼事情呢？說不定他的那朵花已經被綿羊吃掉了……」

有時我也會告訴自己：「肯定不會的。因為小王子每天晚上都會給花兒放上玻璃罩，再說，他一定會小心看管好他的綿羊。」於是，我心裡感覺安心多了。滿天的星星都在朝我微笑。

但有時我又想：「萬一什麼時候有個疏忽，那就完蛋了！說不定哪天小王子忘了放玻璃罩，或是綿羊在晚上悄悄跑出來了呢……」這樣一想，滿天的鈴鐺馬上都變成了淚水……

這是一個很大很大的祕密。喔！對於你們這些跟我一樣喜歡小王子的人來說，世界上沒有什麼東西是一成不變的。說不定，不知道在什麼地方，有一隻我們並不認識的綿羊，牠或許已經把一朵玫瑰吃掉了，也有可能還沒有吃掉……

當你們仰望星空時，你們也許會問，綿羊到底有沒有把那朵玫瑰吃掉？

你們會發現，似乎一切都在發生變化……

可是，從來沒有哪個大人去想過，這一切其實是多麼的重要啊！

後記

對我來說，這是世界上最美好，同時也是最悲傷的風景。這跟前面畫的是同一處風景。我之所以又把它畫了一遍，是為了讓你們看清楚這處景色。

就在這兒，小王子在地球上出現，而後又在這兒消失了。請你們仔細看看這幅風景畫吧！這樣，如果有一天，你們到非洲、到撒哈拉沙漠去旅行，就能認出它來。

如果你們有機會經過那裡，請不要急著離開。在那顆星星下面駐足片刻吧！如果這時有一個孩子朝你走過來，如果他在笑，如果他的頭髮是金黃色的，如果他不回答你提出的問題，那你一定知道他是誰了！那樣的話，請你幫個忙，不要再讓我如此悲傷了，給我寫封信吧，告訴我他又回來了……

《夜間航行》

夜間航行

飛行員法比安正駕駛著郵務貨機，從南方的巴塔哥尼亞預計飛往布宜諾斯艾利斯。

「即將抵達聖胡安，十分鐘後降落。」同機的無線電報員向這條航線上的所有塔臺發出訊息，然後遞了一張紙條給法比安：「地面暴風雨太強了，我的耳機裡都是噪音。你會在聖胡安過夜嗎？」法比安微笑回答道：「繼續前進。」

天空非常平靜，前方所有的中途航站紛紛彙報「晴，無風」。但無線電報員卻偵測到暴風雨即將來臨。

法比安減速下降，這時的他感到些許疲倦。人們幸福生活的景象在他的面前被無限放大：房屋、小咖啡館和人行道上的樹木。當他像個征服者翱翔天空的同時，他也非常渴望能住在一個普通的村莊，過著穩定平凡的生活。

十分鐘的停靠結束之後，法比安不得不再次啟程。他回首望著聖胡安，這座小城已經變成一片細碎的燈光，接著是一撮小星星，最終這誘惑法比安的微塵也消失了。

這次夜航任務非常順利，法比安的心情很愉快。飛機十分平穩，法比安伸了伸懶腰，

向後靠著座椅。

現在，在夜的中央，他像一個守夜人一樣，發現了夜的召喚。燈光下，那些將手肘抵靠在桌上的農民們，以為他們的燈光照亮的只是簡陋的桌子，卻不知道，在八十公里之外，有人正因這些燈光的呼喚而感動，那就像是荒島上唯一晃動的燈火。

在一次又一次的飛行旅程中，尤其是在暴風雨中穿越了數十次之後，法比安更感受到這種普通的燈光，所展現出來的強烈召喚力量。

巴塔哥尼亞、智利和亞松森的三架郵務貨機分別從南、從西、從北飛往布宜諾斯艾利斯，人們正在此地等候飛機上的郵件，好讓前往歐洲的郵務貨機可以在午夜準時出發。

在布宜諾斯艾利斯機場的著陸跑道上，航空郵政負責人利維埃正來回踱步。他一言不發，在三名飛行員未順利歸返之前，這一天對他來說就仍是提心吊膽的一天。時間一分一秒過去。透過一封封交到他手中的電報，利維埃覺得他正一點一點，將他的飛行機組人員從未知的命運中搶奪回來。

「智利的貨機報告，已經看見布宜諾斯艾利斯的燈火了。」員工說。

「很好。」

隨即，利維埃聽見了這架飛機的聲響，黑夜已經放回一架飛機。晚些時候，還會有另外兩架歸來。到那時候，這一天才算圓滿結束。

機組人員交班了，但利維埃沒有片刻休息的機會，接下來，他該擔心飛往歐洲的郵務貨機了，這一切將永無止境。這位老鬥士第一次驚覺，自己竟然會感到疲憊，這些無盡無休的努力，讓他嘗到了一種放棄生活的悲哀，他難得開始思考自己對平靜生活的渴望。

但他馬上就拋開所有疲憊產生的消極想法，舉步走向貨機停機庫。遠處的引擎聲越來越響，越來越熟悉。智利來的貨機慢慢在機庫前停了下來。技術員和工人忙著卸下郵件，但是飛行員佩爾蘭卻沒有動彈。

「喂！你在等什麼？還不下來？」

佩爾蘭回過神來，轉過身面向上司和同事，嚴肅的打量著他們。佩爾蘭其實很想罵他們幾句，誰叫他們就那樣安安穩穩的站在地面，沒有生命威脅的欣賞著月亮！但是他的個性溫和寬容，所以只說道：「請我喝杯酒！」然後就下了飛機。

汽車載著佩爾蘭駛往市中心，陪同他的是無精打采的督察員羅比諾和沉默寡言的利維埃。佩爾蘭突然感傷起來，不久前他在空中與旋風的搏鬥，是那麼真實，可是當下無人見證，如今回想起來卻有些失真。

他努力回想著——

他當時正平穩的飛越安地斯山脈。冬天的寒冷讓群山顯得無比寧靜。縱深兩百公里，沒有任何人、沒有任何生命的氣息，只有可怕的寂靜。

那是在圖蓬加托火山附近。是的，就在那裡，他親身經歷了一次奇蹟。

原本一切都那麼平靜，一股大自然的怒氣卻突然席捲而來。他憑什麼臆測這股怒氣是從岩石滲出來，或是從積雪中透出來的？他看著山峰和山脊，心不由得揪緊。他繃緊肌肉，像一頭隨時準備躍起的野獸。

所有的一切都變得緊張，層層山脊、山峰像匕首一樣刺進勁風中，感覺它們彷彿在

周圍轉動、漂流。他將飛機調頭，忍不住渾身發抖。在他身後，整條山脈似乎都沸騰了。

積雪從前方的一座山峰噴射而出，接著，第二座山峰……所有山峰一個接一個爆發了！隨著空氣的第一陣波動，周圍的群山開始搖晃起來。

「我完了。」他想。

劇烈的震動幾乎沒有留下痕跡，他無法想起讓他顛簸得幾乎絕望的大漩渦。他只記得自己在這些灰色的火焰中奮力掙扎。

利維埃看著佩爾蘭，這個人會在二十分鐘後下車，帶著他的疲倦和沉重消失在人群中。利維埃喜歡這個人，因為即使他剛經歷了一場巨大的驚險，卻沒有試圖用華麗的敘述來博取人們庸俗的讚美。他很單純的，只談論事情發生的經過。他平實的描述著自己如何飛出火山灰雲層，只有在講到他飛進朗朗晴空的那一刻時，臉上的表情才有一種從地洞鑽出來的喜悅。

「門多薩那裡有暴風雨嗎？」羅比諾問道。

「沒有，我降落時晴朗無風。不過，有一場暴風雨緊跟在我們後面，我從沒看過那樣的場景。」佩爾蘭之所以提及暴風，是因為他覺得那情景看起來實在太奇特，城市一個接一個被吞沒其中。說完後，他沉默了，像是陷入某種記憶中。

羅比諾想對佩爾蘭說些什麼，最後卻什麼也沒說出口。

汽車駛入市中心，利維埃讓司機載他去辦公室，留下羅比諾和佩爾蘭。今晚羅比諾有些脆弱，面對勝利者佩爾蘭，他發現自己的生活其實很黯淡。即使有督察員的頭銜、掌握著權力，他仍然比不上這個疲憊不堪的飛行員。

佩爾蘭癱坐在汽車的一角，眼睛緊閉、滿手油污，但羅比諾第一次有欣賞別人的感覺，他想說出來，而且渴望得到一份友誼。「您願意跟我一起吃個飯嗎？我需要找個人聊聊。」他冒失的問道。

同事們都不太喜歡羅比諾進入他們的私生活，深怕被寫進他的報告。但是，個性溫順的佩爾蘭答應了。

利維埃一進入辦公室，正在打瞌睡的祕書們立刻開始行動，辦公室主任也忙著查閱最新的文件，打字機劈里啪啦作響。接線生把插頭插進電話交換機，並把電報內容記錄在一本厚厚的本子上。

利維埃坐下來開始閱讀。今天又是幸運的一天，飛行記錄井井有條。巴塔哥尼亞的郵務貨機飛行順利。每個機場的報告都是「晴空萬里」。一個金色的夜晚已經降臨南美洲。利維埃為所有事都按部就班的進行而感到高興。

這種守候貨機的夜晚，利維埃認為督察員還是應該守在辦公室裡。

「去把羅比諾叫回來。」他說。

羅比諾就快要和眼前這位飛行員成為朋友了。他當著佩爾蘭的面，打開了自己的行李箱，箱子裡有幾件品味糟糕的襯衫、一些必要的洗漱用品，以及一張纖瘦女性的照片，卑微的展示了他的需要、溫情和遺憾。

當有人來找他時，羅比諾雖然很不情願，但仍是端著架子離開了。

當羅比諾走進辦公室時，利維埃正對著掛在牆上的地圖沉思著，他心想：「這張地圖讓我們犧牲了多少年輕的生命啊！它給我們帶來了多少難題啊！」

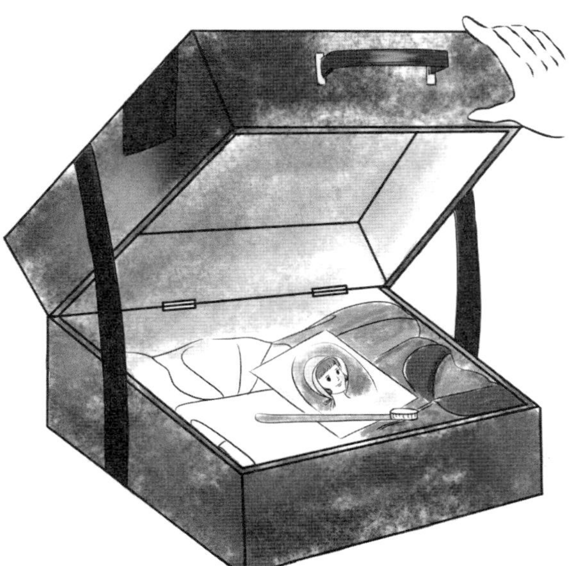

不過，他沒有把這些想法告訴羅比諾。

「你和佩爾蘭的關係很好嗎？」利維埃突然問道。

「嗯……」

「我不是在指責你。」利維埃轉過身，低頭走了一小步。他拉著羅比諾一起走，嘴角浮現一絲苦笑。「只不過你是他的上司。」他說。

「是的。」羅比諾回答道，但他其實並不明白利維埃苦笑的含義。

「你應該謹守本分。因為，很有可能哪天你就得命令這個飛行員進行一趟危險的飛行，而他必須遵守命令。」

「是的……」

「如果他們是因為友情而服從你，那麼你就欺騙了他們。你沒有任何權力要求別人作出犧牲。」

「沒有，我當然沒有這樣想。」

「如果他們認為，您的友誼可以讓他們免去某些不討人喜歡的工作，你同樣欺騙了他們。他們還是得遵守命令。你必須清楚自己的職責。」

「我……」

一小時以後，幾股旋風開始襲擊巴塔哥尼亞郵務貨機，金屬機體被輕輕托起，似乎就要瓦解了。

無線電報員感到自己正墜入夜的中心。他不敢打擾法比安，也不敢問他有什麼打算，只是雙手緊握支架，身體前傾，凝視著法比安挺直的頭頸。他察覺到那靜止的背影中凝聚的力量，這股力量可能會將他帶向風暴，但同時也庇護著他。

為了驅散因為擔憂而造成的低迷情緒，利維埃在外面走了一會兒。將近晚上十一點，感覺呼吸暢通一些之後，利維埃才開始走回辦公室。他抬頭，看著天上的星星在狹窄的街道上空閃爍，在耀眼的廣告招牌面前黯然失色。

貨機目前正在某處奮鬥，夜航就像疾病一般，漫長的持續著：因此必須徹夜守候。

利維埃推開營業部的門，裡面只亮著一盞燈。唯一的一臺打字機發出劈啪的聲響，每當電話鈴聲響起，值班祕書便會起身走向這一聲聲重複、固執的呼喚。

「你別動，我去接。」利維埃說完，拿起聽筒，收到了來自塵世的喧囂。「我是利維埃。」他說。一陣輕微的噪音傳來，然後是轉接員的聲音：「為您轉接無線電收發站。」

又一陣噪音響起，是插頭插入電話交換機的聲音。然後有另一個聲音說：「這裡是

無線電收發站。我們有幾份電報要發給你們。」沒有什麼重要的事情，都是例行彙報的訊息。

「郵務貨機的情況呢？」

「現在有暴風雨。我們收不到飛機的訊號。」

「持續聯繫。」

利維埃回到自己的辦公室，他感覺到身體右側又一陣劇痛傳來。幾個星期以來，這種疼痛一直折磨著他。他感覺自己像一頭受困的老獅子，一陣強烈的悲傷將他淹沒。

「這太可笑了！五十年來，我一直用行程填滿我的生活，但現在，病痛卻充滿了我的整個世界。」他將冷汗擦去，等到從疼痛中逃脫後，就又重新投入工作。

他一邊不停的翻閱獎懲記錄，一邊沉浸在自己的思緒中，直到一份獎懲記錄抓住他的目光：「……羅貝爾，從今天起，不再是我們的工作人員……」

他想起這個老好人，並回想起那晚的談話：

「懲罰你，是為了警惕大家！」

「可是經理……一次、就這一次，您看，我已經在這裡工作了一輩子……」

「沒得商量。」

「可是經理、經理！」

於是，他看到了那個破舊不堪的皮夾和那張舊剪報。在剪報上，年輕的羅貝爾擺著姿勢，站在一架飛機旁邊。

「那是一九一二年的事了，經理先生，是我在這裡裝配了阿根廷的第一架飛機啊！從一九一二年起，我一直在為航空事業服務，先生，整整二十

年了！工作室的那些年輕人會怎麼笑我啊……」

「這與我無關。」

「那我的孩子們怎麼辦？先生，我還有孩子要養啊！」

「我已經跟你說過，會給你安排一個工人的職務。」

「那我的尊嚴呢！先生，二十年的經驗，像我這樣的老技術員……」

羅貝爾蒼老的雙手微微顫抖起來，利維埃儘量把自己的目光從他那雙老邁的手移開。

「做個普通工人吧。」

「不、先生，不，我還想跟您說……」

「你可以走了。」

利維埃想：「我用這種粗暴的方式，並不是為了辭退他，而是為了懲戒那些可能不由他負責、卻是因他而起的過失。」利維埃想起那雙衰老的手，開始遲疑，自己是不是該把這張記錄給撕了，然後把他留下來？

電話鈴聲又響了起來，利維埃拿起聽筒。過了很久，電話那頭終於傳來聲音：「經理先生，650 號已經進入跑道。一切準備就緒，但最後起飛前，電路接觸不良，所以我們修了一下電路。」
「好的。那是誰安裝的？」
「我們會去查實。如果您允許的話，我們會祭出懲罰。飛機上的燈若是故障，很可能會造成嚴重的後果。」
「當然。」利維埃心想：「燈具故障實在太危險了，因為疏忽而造成過失，這實在罪不可赦，羅貝爾必須離開！」
利維埃想了想，然後撥了電話：「打電話給歐洲貨機的飛行員，讓他在起飛之前來見我。」
飛行員的妻子被電話吵醒，她看看丈夫，心想：「讓他再睡一會兒吧！」為了不吵醒他，她用手指撫平被子上的皺褶，就像神的手指撫平大海。她起床開窗，夜風迎面撲來，整個城市是那麼平靜和安穩。而她的丈夫，一小時後將扛起歐洲郵務貨機的命運。這讓她不自覺的慌亂起來。
她以種種羈絆束縛著他：音樂、愛情、鮮花。但是，每當出發的時刻到來，這些束縛都會一一脫落，而他似乎對此並不在意。
「幾點了？」他睜開眼問道。

「午夜十二點。」

「天氣怎麼樣？」

「我不知道……」

他起身，伸著懶腰、慢慢走向窗邊。

「應該不會太冷。風向……南風。很好。至少到巴西會一直如此。」他發現有月亮，覺得自己很幸運。接著，他垂下眼睛俯瞰整座城市。

「你在想什麼？」

「阿雷格里港附近可能會起霧。不過，我有辦法，我知道從哪裡可以繞開。」

女人感覺到她的丈夫已經踏上征途，用那寬大的肩膀抵住夜空。她為他扣上腰帶、穿上靴子，親手為他打理每

一處，直到一切就緒。在出門之前，他還精心梳理了頭髮。

「你真帥氣，是為了星星嗎？我都要嫉妒了。」他只是笑著摟住她。然後，他把她橫抱起來放到床上。

「睡吧。」他關上門。

利維埃接見了歐洲貨機飛行員。

「你在上次的飛行中開了一個玩笑。明明天氣明朗，你卻中途返回，你完全可以飛過去的。你當時是害怕了嗎？」

吃驚的飛行員沉默了，他搓了搓手，回答：「是的。」

利維埃打從心底同情這個飛行員，他是這麼勇敢，但連他也感到害怕了！

大家都害怕夜間航行這片陰森的領地，彷彿這是一塊未開墾的荊棘地。在那一張張綠色的會議桌前，利維埃曾聽過許多異議。經過長達一年的鬥爭，利維埃最終爭取到夜航的權利。

但是，一開始的時候，飛機也只是在天亮前一小時才起飛，日落一小時後就著陸。當利維埃對自己的經驗稍微放心一些後，他才敢將郵務貨機推進夜的深處。這幾乎無人可以效仿，也使他像是在進行一場孤單的戰鬥。

巴塔哥尼亞的貨機正在接近風暴，法比安試著繞道而行。他評估過，這場風暴的範圍太大了。他試圖從雲層下方繞過這場風暴，如果情況不妙，他打算中途折返。

他從一千七百公尺降到五百公尺。一陣下沉氣流使飛機沉了下去，金屬殼子震動得更厲害了。法比安試圖返回上一個中途站，卻發現根本無法回頭。他打開無線電報員遞過來的紙條：「我們在什麼地方？」

「不知道。照指南針來看，我們正在穿越暴風雨。」他的身體前傾著，每隔三十秒鐘，就檢查陀螺儀和陀螺羅盤。他不知道自己需要花多少時間才能脫離這場暴風雨，他甚至開始懷疑自己也許永遠也無法逃出。

他把剛剛的紙條重複讀了又讀，以此喚起心中的希望：「特雷利烏，四分之三的天空烏雲密布，有微弱的西風。」然後草草寫了幾個字遞給無線電報員：「我不知道是否能穿過暴風雨，請詢問後方的科摩多羅是否晴朗。」

答案令他沮喪：「科摩多羅發來訊息：『不可能從此處返回。有暴風雨。』」他開始暗忖，可能將有一場巨大的襲擊向他們迎面撲來。

他又指示無線電報員：「問一下聖安東尼奧的天氣如何。」

「聖安東尼奧答覆：『起西風了，西面有暴風雨。』我聽不清楚了，有閃電，得馬上抽回天線。要折返嗎？你有什麼計畫？」
「安靜點，讓我想想……問一下布蘭卡港的天氣狀況。」
「布蘭卡港回覆：『預計二十分鐘後將會有從西面來的強烈風暴。』」
「問問特雷利烏的天氣。」
「特雷利烏回覆：『西面來的颱風風速每秒三十米，傾盆大雨。』」
「向布宜諾斯艾利斯聯繫：『四面受阻。我們該怎麼辦？』」
一個小時四十分鐘後，汽油就會耗盡。法比安知道自己已經陷入困境。而這一切，無論如何都會在黑夜中結束，等到日出一切就會好轉。可是，注視著東方又有什麼用呢？在他和太陽之間，有無法跨越的深夜。
「亞松森的貨機飛行狀況良好，將於兩點左右到達。另外，巴塔哥尼亞的貨機預估會延誤很久，它似乎遭遇暴風了。」
「好的，利維埃先生。」
「我們可能在巴塔哥尼亞的貨機回來前，就得先讓歐洲的貨機起飛。等亞松森的貨機一到，你們就來等候指示。要隨時準備好。」
利維埃正在重新閱讀北方各中途站發來的電報。歐洲貨機的天氣將是「晴朗，滿月，無風」。如果他下令出發，歐洲貨機機組人員將飛入一個安穩的世界，那裡整個夜晚都閃爍著柔和的光芒。

但是，利維埃突然猶豫了。南方發生的事件，證明利維埃這位夜航的唯一捍衛者出了錯，他的對手們將因此獲得強勢的地位，甚至讓他從此一蹶不振。

「讓觀測站再看看西部地區的情況。」利維埃再問道：「布蘭卡港還是沒有用無線電跟我們聯繫嗎？」

「沒有。」

他要求重新接通這個中途站，五分鐘後，他得到的消息仍然是「收不到郵務貨機的消息」，特雷利烏的線路中斷，布蘭卡港也將面臨暴風雨。

接著是一陣沉默。利維埃翻著南方各中途站發來的電報，所有的中途站都回覆：「沒有巴塔哥尼亞貨機的訊息。」

地圖上，沒有訊號的區域在不斷擴大，這些區域的小城鎮，都受到了暴風雨的襲擊。凌晨一點，被召集起來的祕書們回到了辦公室。大家都在揣測：夜航是否會被停止？

利維埃在門口出現，猜疑的紛雜聲音馬上降低。「現在是一點十分，歐洲郵務貨機的報表都整理好了吧？」

「我，我以為……」祕書支支吾吾的回答。

「您無須以為，只要執行就可以了。」他轉過身，慢慢走向一扇開著的窗戶，雙手在背後交握。

「經理先生，我們收到通知，內部很多電報線路都已經被暴風雨損毀，不會有什麼回覆了。」

利維埃一動不動的站著。每個消息都在威脅著這架貨機。風暴已經席捲而來，摧毀這個難以征服的夜晚。在某個地方，一架飛機在夜的深處，正面臨險境。

法比安的妻子打了電話。每個丈夫歸來的夜晚，她都會推估著巴塔哥尼亞郵務貨機飛行的里程：在特雷利烏起飛，接近聖安東尼奧，應該能看到布宜諾斯艾利斯的燈光了。

和其他無數個夜晚一樣，今晚她又打電話去詢問了：「法比安著陸了嗎？」接電話的祕書有些慌亂，一句話都不敢說，把電話遞給了辦公室主任。一陣難以解釋的沉默後他簡短的回答道：「還沒有。」

「貨機誤點了嗎？」

「是的……」又是一陣沉默。「是的，誤點了。」

「哦！」這一聲「哦」顯得異常悲傷。她突然想起，從科摩多羅飛到特雷利烏甚至不需要兩個小時，而法比安已經飛了六個小時。她馬上要求跟經理通話。辦公室主任無奈的向上通報。

「終於來了。」利維埃心想。他一聽到這個遙遠的、細小而顫抖的聲音，就立刻明白，即便是他也無法回答她什麼。「夫人，請您冷靜一點。在我們這行，長時間等待消息是常有的事。」面對這個女人，利維埃突然覺得自己的真理顯得

那麼脆弱。

「夫人……」他能感覺到，對話那頭的那個女人已經癱倒在地。

利維埃開始疑惑，是否為了大眾的利益，我們就有權利去犧牲某一個人的幸福？但同時，他又隱約能感覺到一種比愛更偉大的責任。利維埃試圖為自己的信念找到更充足的理由。

「無法和布宜諾斯艾利斯取得聯繫。我被電了幾下，沒辦法操作機器了。」無線電報員膽怯的將天線收回。法比安正想回答，飛機就被一股強大氣浪突然抬起、不停搖晃。

他們必須不惜任何代價，與布宜諾斯艾利斯取得聯繫，這裡太需要支援了。然而，飛機越來越不受控制，飛機顯示高度為五百公尺，這可是丘陵的高度。法比安冒著被撞毀的危險調整了方向，但仍是偏離航向。

他發射了僅有的一顆照明彈，卻發現飛機底下是一望無際的大海。下沉氣流如錘子般撞擊著機身。法比安用盡渾身力氣抓住方向盤，試圖控制飛機的震動。

雖然一種無形的力量正在慢慢攫取他的勇氣，但是當法比安看到暴風雨裂口隱約閃爍著幾顆星星時，他還是義無反顧的全力向上衝去。

法比安以星星為標記，修正氣流造成的航向誤差。他在尋找光芒，哪怕是僅有的一絲光線。而他現在正飛向一片光明。

隨著飛機上升，雲層掙脫泥濘般的陰影，緊靠著機身飛掠而過，如同越來越純淨潔白的浪花。飛機從雲海中浮出，光線強烈得令他頭昏眼花。滿月和所有星星將雲朵變成耀眼的浪濤。

從浮出的那一刻開始，飛機突然變得很平靜，平靜得異乎尋常。法比安飄在神祕的天空中，就像進入那些幸福的港灣。

法比安以為自己來到了仙境，因為所有的一切都在閃閃發光：他的手、他的衣服、他的機翼。這些光不是來自星星，而是從他身下、從他周圍、從雪白的雲層發散出來。雲層之間流動著牛奶般的光線，整個機組沉浸其中。法比安轉身，發現無線電報員在微笑。

法比安和他的夥伴在密密麻麻、如寶石般堆積的群星中遊蕩著，此時的他們無比富有。但是，他們的命運早已受到審判。

某個中途站的無線電報員收到電報，他記下幾個無法辨別的記號，之後是幾個單詞。再後來，整篇電報終於出來了：

「被困在風暴之上三千零八公尺的高空。因為剛才飄移到海上，我們現在正往西面的內地飛去。下方已被暴風雨阻擋，看不清是否一直在海上。請告知風暴是否向內地擴展。」

因為雷雨天的關係，人們不得不一站一站的將這份電報傳達給布宜諾斯艾利斯。消息在黑夜中前進著，彷彿人們正將一個又一個烽火臺點燃。布宜諾斯艾利斯回覆：「內陸地區普遍有風暴。你們還剩多少汽油？」

「還能撐半小時。」於是，這句話又被一站一站的傳到了布宜諾斯艾利斯。

法比安的貨機註定會在三十分鐘內衝進暴風圈，再被狠狠的摔到陸地上。利維埃開始不抱任何希望了，這架飛機將在某個地方沉入黑夜。

機組人員們不再是為榮譽而搏鬥，如今，他們唯一希望的就是逃離死亡。

法比安的妻子終於忍受不了獨自在家等待的煎熬，來到辦公室要求會面。她儘量讓自己不要哭泣，怕因此而引人注目。

利維埃接見了她。「夫人，不幸的是，除了等待，您和我都沒有別的辦法。」她輕輕聳了聳肩，利維埃明白其中的意思。對這個女人來說，法比安的死亡到明天才算剛剛開始。她帶著一種近乎卑微的笑容離開了。

利維埃坐下來，心情還有些沉重。牆上的工作表上，法比安那架飛機的卡片

「RB903」，已經被列為「無法調度的物品」。利維埃聽到羅比諾的聲音：「經理先生，距離他們結婚才過了六個星期……」

二十分鐘後，布蘭卡港截獲第二條訊息：「我們在下降，進入了雲層。」接著，特雷利烏收到資訊：「……什麼都看不見……」

這架飛機的方位已不得而知，電報站發出的詢問也沒有得到回答。

時間一分一秒流逝著。

這時有人指出：「一點四十分。汽油耗盡，他們不可能還在飛。」大家瞬間陷入沉默。某種東西已經結束了，只能等待黎明到來。

利維埃讓人通知警察局。他已經無能為力了，只能等待。同時他向羅比諾做了個手勢：「發訊息給北部的中途站：巴塔哥尼亞的郵件會延遲一段時間。為了縮短延遲的時間，我們會儘量讓那些郵件跟著下一班歐洲郵件一起運送。」

利維埃向前傾了一些，現在他最需要的是孤獨。「去吧，羅比諾。」

預定兩點出發的貨機被取消，改在白天出發。公司的工作因此而停頓下來，大家都在等待。人們對夜航是否能夠繼續都抱持懷疑的態度。

利維埃拿出手錶，簡短的說：「兩點了。亞松森的郵務貨機兩點十分到達。讓歐洲的郵務貨機在兩點一刻起飛吧。」

羅比諾將這驚人的消息傳出去：夜航不會停止。

在向辦公室主任傳達這個消息時，羅比諾又恢復了身為督察員應有的氣勢。

亞松森貨機著陸後，飛行員在停機庫遇到歐洲郵務貨機的飛行員，他正背對著自己的飛機，手插在口袋裡。「是你接著飛嗎？」

「是啊。」

「巴塔哥尼亞的飛機到了嗎？」

「沒有，它失蹤了。天氣好嗎？」

「很好。法比安失蹤了嗎？」

他們沒有繼續談論下去。飛行員們深厚的情誼和默契，使他們無須多說。亞松森貨機上的包裹都被扛上歐洲貨機，即將啟航的飛行員已準備好去迎接他的挑戰了。

「小心啊！」

他沒有聽見同伴的建議，手插在口袋裡，頭向後仰著，臉上浮現一抹細微的笑，比那些雲朵、山脈、江河和大海都強而有力。一分鐘後，這架歐洲郵務貨機就要飛出布宜諾斯艾利斯。

重拾鬥志的利維埃想要再聽聽飛機的聲音，那聲響就像是一支軍隊在星辰間行進，發出驚天動地的踏步聲。若他終止飛行，就算只有一次，夜航事業也會就此破滅。所以他搶先讓這架貨機在夜裡出發，壓制了人們的軟弱。

五分鐘後，無線電報將傳遞至各個中途站。在一萬五千公里的航程中，這訊息將會解決所有的問題。一曲狂歡之歌已經響起。

利維埃慢慢踩著步伐，回到自己的工作中。

偉大的利維埃，勝利者利維埃，肩負著沉重勝利的利維埃。

開始和結束只不過是一條線段的兩端、
有開始、亦會有結束。

關於安托萬・德・聖修伯里

小王子這部作品，一開始的飛行員就是作者，安托萬・德・聖修伯里。出生於法國里昂，於一個貴族家庭長大，在五個孩子中排行老三，他有三個姐妹和一個金髮小弟弟法蘭索瓦（François）。父親讓・德・聖修伯里（Jean de Saint-Exupéry，一八六三—一九〇四）是伯爵，一九零四年死於中風，此時安托萬還未滿四歲。母親瑪麗亞獨自撫養五個孩子。

安托萬最親近的知己是他的弟弟法蘭索瓦，卻在十五歲時患上風濕熱，並不幸死於心包炎。那是一九一七年夏天，他們都在瑞士弗里堡的 Marianist 教會學校上學。安托萬在弟弟離世前一直照顧他，並在《小王子》一書的結尾處寫到：「他的腳踝處閃過一道金光。他似乎呆了一下，也沒有喊叫，像一棵樹一樣倒下了。因為地上是沙子，他甚至沒有發出一點聲音。」 安托萬在 十七歲就成了家裡唯一的男性。受到弟弟離世和一戰的影響，安托萬開始創作諷刺普魯士士兵的漫畫，並開始寫詩。

飛行之路

安托萬在海軍預科學校期末考兩次失敗後，進入巴黎美術學院擔任旁聽生，學習建築學十五個月，但同樣沒有畢業，然後就養成了打零工的習慣。

一九二一年，他開始在第二獵騎兵團（2nd Chasseurs à Cheval Regiment）作為一名基層士兵服兵役，並被派往斯特拉斯堡附近的諾伊霍夫。在那裡，他參加了私人飛行課程，並於次年從法國陸軍調到法國空軍。他被派往摩洛哥卡薩布蘭卡的第三十七戰鬥機團後獲得了飛行員稱號。

後來，安托萬被調往巴黎郊區勒布爾歇的第三十四航空團，經歷了他的多次飛機失事中的第一次，他屈服於未婚妻、未來小說家路易絲・萊維克・德・維爾莫蘭（Louise Lévêque de Vilmorin）家人的反對，並離開空軍去從事辦公室工作。這對夫婦最終解除了婚約，在接下來的幾年裡，他又打了幾份零工，但都沒有成功。

一九二六年，安托萬再次飛行。在飛機上幾乎沒有儀器的時代，他成為國際郵政服務的先驅之一。後來也成為撒哈拉沙漠中摩洛哥南部西班牙區朱比角機場的航空公司中途停留經理。他的職責包括談判，安全釋放被撒哈拉部落俘虜為人質或被擊落的飛行員，這項危險的任務為他贏得了法國政府頒發的第一個榮譽軍團勳章。

一九二九年，安托萬被調往阿根廷，並被任命為阿根廷航空公司 (Aeroposta Argentina) 的董事。他調查了橫跨南美洲的新航線，談判了協議，甚至偶爾執行航空郵件以及尋找墜落飛機的搜索任務。法國導演讓．雅克．阿諾 (Jean-Jacques Annaud) 執導的電影《勇氣之翼》簡要探討了他的這段人生。

沙漠墜機

一九三五年十二月三十日，凌晨兩點四十五，在飛行了十九小時四十四分鐘後，聖修伯里和他的機械師 André Prévot 在撒哈拉沙漠中墜機。兩個人都倖存了下來。當時他們正試圖打破巴黎到西貢的最短飛行時間記錄，爭奪十五萬法郎的獎金。墜機地點可能靠近尼羅河三角洲。

兩人奇蹟般地在墜機事故中倖存下來，但在沙漠的酷熱中卻面臨著迅速脫水的情況。他們的地圖原始且模糊，讓他們不知道自己的位置。他們迷失在沙丘之中，唯一的補給包括一些葡萄、兩個橘子、一個瑪德蓮蛋糕【註一】、一個破爛的保溫瓶裡裝著一品脫咖啡，另一個保溫瓶裡裝著半瓶白葡萄酒。他們還隨身攜帶了一小瓶藥品：九十克的酒精，同樣的純乙醚，還有一小瓶碘。

兩人第一天就把液體喝完了。他們都看到了海市蜃樓並經歷了幻聽，隨後很快出現了更生動的幻覺。到了第二天和第三天，他們已經嚴重脫水，不再流汗了。第四天，一名騎駱駝的貝都因人【註二】發現了他們，挽救了他們的生命。與死亡擦肩而過的經歷在他一九三九年的回憶錄《風、沙和星星》中得到了突出體現，該書榮獲多項獎項。安托萬的經典中篇小說《小王子》以飛行員被困在沙漠中開始，部分參考了這段經歷。

二戰

一九四三年四月，在北美停留兩年多後，安托萬隨一支美國軍事車隊啟程前往阿爾及利亞，與自由法國空軍一起飛行，並在地中海中隊與盟軍一同作戰。當時他四十三歲，即將晉升為司令（少校）軍銜，他比作戰部隊中的大多數人年長得多。儘管已經超出了此類飛行員的年齡限制八歲，但他還是不斷地請求豁免，最終得到批准。然而，由於先前多次墜機受傷，他一直飽受疼痛和行動不便的困擾，以至於他無法穿上自己的飛行服，甚至無法向左轉頭檢查敵機。

聖修伯里和其他一些飛行員被分配到他以前的部隊，該部隊更名為〝薩瓦〞，並駕駛 P-38 閃電戰鬥機【註三】，一名軍官將其描述為「厭戰、不適合飛行的飛機」。這種機型也比他以前駕駛的飛機更加複雜，軍方要求他在第一次執行任務之前接受七週的嚴格訓練。在第二次執行任務時，一架 P-38 因發動機故障而失事，他因此被停飛了八個月，但隨後在美國陸軍航空隊副司令艾拉．埃克 (Ira Eaker) 將軍的親自干預下恢復了飛行任務。

聖修伯里恢復飛行後，也恢復了長期以來閱讀和寫作的習慣，有時直到起飛前一刻，機械師為他預熱並測試飛機，為他的飛行做準備，而他依然沉浸在行句之間。在一次航行中，讓等待他抵達的同事們懊惱的是，他回來後在機場繞了一小時，以便讀完一本小說。聖修伯里在漫長的孤獨飛行中經常帶著一本橫線筆記本飛行，他的一些哲學著作就是在他能夠反思腳下世界的時期所創作。

註釋

註一：瑪德蓮蛋糕：又稱貝殼蛋糕，是一種傳統的貝殼形狀的小蛋糕，以濃稠且呈膏狀的質地為特點，奶油的味道極厚重，有時還會是加入細磨的堅果和檸檬，這使貝殼蛋糕具有一種杏仁和檸檬結合的特殊香氣。

註二：是以氏族部落為基本單位在沙漠曠野過游牧生活的阿拉伯人，「貝都因」在阿拉伯語意指「居住在沙漠的人」

註三：P-38「閃電」式戰鬥機是二戰時期由美國洛克希德公司生產的一款雙引擎戰鬥機，這款飛機的用途十分廣泛，可執行多種任務，包括遠程的攔截，制空及護航戰鬥機，偵查，對地攻擊，俯衝轟炸，水平轟炸等

溫故、發想、長知識

1 作者所畫的作品一號，除了是一隻吞了大象的蛇，你覺得還是什麼呢？

2 小王子來自哪個星球？

3 這顆星球是由一位穿著土耳其傳統服飾的男子發現，但當初為什麼沒人把土耳其人的話當一回事？

4 小王子的星球上有一株玫瑰，小王子很愛她，是什麼原因讓小王子離開玫瑰呢？

5 小王子開始遊歷各個星球，可以將這些星球的順序排出來嗎？

6 小王子遇見了醉漢，醉漢因為自身的羞愧而酗酒，羞愧的原因是甚麼呢？

7 在書中，小王子去了那麼多的星球，當中只有一個星球上的人，小王子願意跟他當朋友，請問這人是誰呢？

8 小王子到達地球後，遇見了狐狸，要做什麼，才能讓小王子不同於其他的小男孩，狐狸不同於其他的狐狸？

9 小王子喜歡在自己悲傷的時候，觀看什麼呢，甚至一天可以看四十三次。

10 故事中，小王子遇到商販，商販發明了止渴丸，讓人省下喝水的時間，一周可以省下多少時間呢？

11 作者曾經駕駛飛機飛越沙漠，飛機意外墜落，這段經歷也體現在故事中，這片沙漠是哪一個沙漠呢？

12 在沙漠中，除了因脫水而產生的幻覺，還有哪種自然現象，讓你的視覺在遙遠的距離或天空中生成虛像？

13 在作者遇難後，就在生命最危急的時刻，是誰出手相助？

14 作者在第二次世界大戰中，曾經駕駛哪一架飛機馳騁天空？

15 在夜間航行中，主角法比安的職業是什麼呢？

16 「因為有花時間在上面，所以才顯得特別」你有什麼特別的「存在嗎」？

17 小王子中的蛇，告訴了小王子許多真相，你認為蛇是好蛇還是壞蛇？

18 如果真的有止渴丸，一個就可以省下許多時間，你會選擇吞下它嗎？

19 「真正重要的東西，是用眼睛是看不見的。」你認為有道理嗎？

20 小王子在到地球的旅途中遇到了國王，而國王的轄區只有一顆小小的星球，沒有臣民，你認為他還有資格稱自己為國王嗎？

21 你認為商人，為何要不停地計算數字，「擁有」與「統治」之間的差別是甚麼呢？

22 點燈人總是照著規則辦事，你認為規則重要嗎？

23 地理學家，讀了萬卷書，卻沒行萬里路，你認為是探險家厲害還是地理學家厲害，請發表你的看法。

解答

1 無標準答案，盡情發揮你的想像力吧。
2 小王子來自 B612。
3 土耳其人當時穿著傳統服飾，不是穿著西裝。
4 玫瑰的話，讓小王子感到受傷。
5 小王子依序去了 325 號、326 號、327 號、328 號、329 號、330 號星球。
6 醉漢因自己是個酒鬼，而感到羞愧。
7 點燈人。
8 馴服。
9 日落。
10 五十三分鐘。
11 撒哈拉沙漠。
12 海市蜃樓。
13 貝都因人。
14 P-38 閃電戰鬥機。
15 郵務飛行員。
16—23 無標準答案，與大家一同討論吧！並發表你的想法！

世紀名家：小王子 / 安托萬 . 德 . 聖修伯里
(Antoine de Saint-Exupéry) 作 . -- 初版 . --
桃園市：目川文化數位股份有限公司 , 2023.11
160 面 ; 15x21 公分 . -- (世紀名家系列 ; 7)
譯自：Le Petit Prince
ISBN 978-626-97766-2-7(平裝)

876.59　　112017941

世紀名家系列 007
世紀名家：小王子
ISBN 978-626-97766-2-7　書號：CRAA0007

作　　者：安托萬．德．聖修伯里
　　　　　Antoine de Saint-Exupéry
主　　編：林筱恬
編　　輯：徐顯望
插　　畫：王怡佳
美術設計：巫武茂、張芸荃
出版發行：目川文化數位股份有限公司
總 經 理：陳世芳
發　　行：劉曉珍
地　　址：桃園市中壢區文發路 365 號 13 樓
電　　話：(03) 287-1448
傳　　真：(03) 287-0486
電子信箱：service@kidsworld123.com
法律顧問：元大法律事務所
印刷製版：長榮彩色印刷有限公司
總 經 銷：聯合發行股份有限公司
地　　址：新北市新店區寶橋路 235 巷
　　　　　6 弄 6 號 4 樓
電　　話：(02) 2917-8022
官方網站：www.aquaviewco.com
網路商店：www.kidsworld123.com
粉 絲 頁：FB「目川文化」
出版日期：2023 年 11 月
定　　價：350 元

建議閱讀方式

型式	圖圖圖	圖圖文	圖文文		文文文
圖文比例	無字書	圖畫書	圖文等量	以文為主、少量圖畫為輔	純文字
學習重點	培養興趣	態度與習慣養成	建立閱讀能力	從閱讀中學習新知	從閱讀中學習新知
閱讀方式	親子共讀	親子共讀 引導閱讀	親子共讀 引導閱讀 學習自己讀	學習自己讀 獨立閱讀	獨立閱讀